淺草鬼妻日記 十二

妖怪夫婦大步迎向未來 下

友麻碧

輕文學
Light Literature

目錄

淺草鬼妻日記 登場人物介紹

擁有妖怪前世的角色

前世
鵺

夜鳥（繼見）由理彥

真紀和馨的同班同學，擁有假扮人類生存至今的妖怪「鵺」的記憶。目前與叶老師一起生活。

前世
茨木童子

茨木真紀

昔日是鬼公主「茨木童子」的高中女生。由於上輩子遭到人類追殺，這一世更加渴望獲得幸福。

前世
酒吞童子

天酒馨

高中男生，是真紀的青梅竹馬也是同班同學，仍然保有前世是茨木童子丈夫「酒吞童子」的記憶。

前世的眷屬們

《酒吞童子 四大幹部》

熊童子

虎童子

生島童子

水屑

《茨木童子 四眷屬》

深影

水連

木羅羅

凜音

其他角色

小麻糬

津場木茜

前世
安倍晴明

叶冬夜

未來。

那是無法預測的未知前方。

爸媽為什麼要替我取「未來」這個名字呢？

一定是心懷各式各樣的祝福吧。

他們取了這樣一個光明到不行、充滿希望的名字，但我肯定不是他們心目中的好孩子，爸媽打從心底厭惡我，才會決定讓一切歸零。

相互理解、共同生活。

他們拋棄了走向那種未來的可能性，拋棄了我。

我為什麼會出生在這個世界上呢？

像我這麼、這麼、這麼、這麼糟糕，

總是遭致怨恨，總是替周遭人們帶來不幸，無可救藥的傢伙。

甚至被親生父母拋棄，徹頭徹尾是個禍害的我。
甚至親手傷害了自己唯一真心珍惜的女孩子。
她和我不同，被許多人愛著、需要著。
我傷害了那個被世人所需要的她，卻厚臉皮地繼續活著。
我應該立刻去死才對。
我才該墜入地獄，被關在裡頭。
然後，永遠都不該被那座牢籠釋放。

可是，我還不能死。
即便是一無是處的我，也有一個心願。
那是我在下地獄前一定要完成的事。
我必須要親手打倒一個人。

一直害她痛苦，一直利用著我的水屑大人，我要親手殺了她——

我並不認為這樣做就能贖清對妳的虧欠。
但至少讓我來結束這一切，補償妳們所受到的傷害。
讓妳們平安活下去，開創幸福的未來。
如果我是為此而生的，那麼我此刻仍有活著的意義。

我會賭上性命。
我自己沒有未來也無妨。
一切結束之後，我會獨自消失，沒有人會感到惋惜。

所以，在那之前，我想再見她一面。
我想當面向她致歉。
為我這種人居然出生在世界上，出現在妳眼前，致上歉意。

第一章　大魔緣玉藻前

我的名字叫作茨木真紀。

是千年前遠近馳名的鬼，茨木童子的轉世。

那一天，水屑放出常世專門用來對付人類的黑點蟲，害「淺草」充滿了對人類有害的妖氣。

淺草遭到封鎖，原本在那裡和平生活的人類全都不得不緊急避難。

淺草妖怪因水屑手下的攻擊死傷慘重，倖存者目前據守河童樂園作為堡壘。

而我們要將糾纏千年的命運做個了斷，所以來到此地。

名為裏淺草的狹間結界。

自從在地獄重逢後就一直見不到面的我和馨，終於在裏淺草的祕密狹間「大髑髏沉眠之海」再次聚首。

我們在那個狹間談話時，馨手機裡的獄卒ＡＰＰ收到了一則奇特的訊息。

裡頭是，通往裏淺草最深處的地圖和一行簡短的文字。

『我在地獄的盡頭等你。』

傳訊息的人是「小野篁」。

我不清楚這是怎麼一回事。

但馨一臉震驚，慌慌張張地說要過去地圖上標出的地方。

小野篁是叶老師的其中一次前世。

換句話說，傳這則訊息給馨的人，就是叶老師。

這時候，我們完全沒想到事情會變成這樣。

甚至還天真地認為，既然叶老師人在那裡了，那一切都沒問題吧。

我們一路往下，直到裏淺草的最深處，抵達一座陌生的宮殿「玉座之間」。

在裡面找到叶老師和式神葛葉，以及水屑，也得知了他們這些常世「九尾狐」之間的愛恨糾葛。

那些對話，過往的來龍去脈，我們全都聽見了。

然後，叶老師……

「叶……老師……」

就在剛剛，他被閃耀金色光芒的飛蟲啃食得一乾二淨，當場消失了形體。

我完全不能理解眼前發生的事。

他到底是做了什麼？

為什麼會消失了？

然而，叶老師最後留下的那句話，深深刺中我的內心深處。

叶老師對我們說：

『你們發誓，自己會全心全意守護這個所愛之人生存的世界……！』

我從來沒想到有一天會從他口中聽見「愛」這個字。

但叶老師最後的神情，滿是至今從未見過的慈愛、沉穩，和自由。

「可恨的葛葉！可恨的晴明！就連死了也要妨礙我嗎！」

水屑憤怒發狂的聲音，把我從自己的思緒猛然拉回現實。

化成大魔緣後，水屑的外貌變成暗黑色，令人不寒而慄，渾身迸發出由憎恨而生的妖氣和十分濃烈的腐臭味。

這就是憑藉極致的恨意，使自身靈力陰陽逆轉所導致的惡妖化。

醜惡，卻又美麗，是妖怪墮落至極的結果。

和過去的大魔緣茨木童子一樣。

「妳是什麼意思……說叶老師死了……」

我無法相信水屑的話。

「到底什麼意思！」

我再次大吼。

水屑勾起漆黑的唇角，「呵呵」笑了，豎起兩根漆黑而纖細的手指。

「那個男人，從一開始就只有兩種選擇。不是把那條命用在召喚地獄業火燒死我，就是用來清除外頭的黑點蟲……」

「……」

「愚蠢的晴明。根本不要管淺草，放棄一部分人類，燒死我就好了……結果卻放著我不管，去把自己創造出來的黑點蟲清除掉。」

這意思是……

叶老師為了保護淺草，犧牲自己了嗎？

「不過，我可不會讓他如願。」

水屑臉上雖掛著笑容，但神色隱約透出幾分焦急。

一旦覆蓋淺草上空的黑點蟲遭到清除，水屑肩負的任務——侵略現世，就無法達成了。

「？」

在這座貌似金碧輝煌宮殿的空間裡，她就像一道巨大的黑影迅速爬過地板及牆壁。

然後，宛如面對珍貴無比的寶物一般，用雙手小心捧起擺在高處玉座上的一樣物品。

沒錯，酒吞童子的首級——

「再一下下。再一下下，我的願望就要實現了。」

看見她抱住酒吞童子的首級，輕撫其臉頰，我感受到自己的心臟劇烈跳動……

「那是我的東西。水屑，給我還來。」

前一世的首級就在眼前，馨雖極力保持冷靜，但他不僅聲音低沉，身上靈力也盈滿了怒氣。

我看得出來，他緊握住外道丸的力道大到彷彿用盡了全身的力氣。

但水屑報以挑釁口吻。

「不還。」

她從高處俯瞰我們，出言嘲笑。

「千年前傳說中的鬼，酒吞童子。那個傳說在千年後的現代也傳遍大街小巷，你出名到幾乎無人不知無人不曉。」

「……」

「不過，天酒馨，我已經不需要你了。只要這個首級是我的，以後就沒有人要叫你這種非鬼非人的半吊子為酒吞童子了吧。」

「水屑，妳這是什麼意……」

在馨問完自己的疑惑之前，我已搶先衝了出去。

一陣風似地奔過他身旁，朝水屑——

「還來，水屑。」

我舉起刀，直直朝她奔過去。

我無法忍受水屑這個叛徒把首級抱在懷中，剛才甚至還出言侮辱他。

「還給我，那是酒大人的首級——」

刀身在空中劃出一道弧線，裡頭灌注了我的靈力，更是鋒利，我沒有一絲猶豫，朝水屑的脖子直直砍下去。

水屑的頭喀咚一聲，從擺放玉座的平台滾下來。

簡直像一朵漆黑山茶花掉落到地面。

但她的身體卻沒有應聲倒地，此刻仍緊緊抱著酒吞童子的首級，站在原地。

「呵呵，呵呵呵……妳以為光是砍掉首級，已經化成大魔緣的我就會死嗎？愚蠢的茨木童子。」

水屑惹人厭的聲音，彷彿魔音傳腦似地響起。

與此同時，水屑被砍下首級的傷口斷面，汩汩湧出黑色霧氣般的東西，長出了一顆新的頭。

而被我砍下的那個首級逐漸乾枯、皺縮，最終變成黑炭碎裂開來。

不可能。

親眼看見如此詭異的畫面，連剛才憤怒到差點失去理智的我，心裡都不禁發毛。

我立刻回到馨的身邊。

「欸，騙人的吧。怎麼可能沒了首級還不死。」

「是有再生能力嗎？拜託別開這種玩笑了……」

真的就像馨說的一樣。

拜託別開這種玩笑了，這簡直像一場糟糕透頂的惡夢。

不管再健壯再強悍的大妖怪，只要砍下首級都必死無疑——這可是妖怪的常識，同時也是弱點所在。

酒吞童子那時也一樣，所以他的首級現在才會在這裡。

就連那個大魔緣茨木童子，也沒有這種奇異的能力……

「……呵呵，真叫人愉快。」

水屑非常享受我們此刻驚愕的表情。

這隻女狐是突破了大妖怪的極限，進化成終極生命體了嗎？

至於水屑本人，轉了轉新長出來的頭部，確定身體的狀況後，瞇起細長的雙眼，輪流看向我和馨。

「變成大魔緣的我可沒有弱點，你們這些人類別以為打得過我。」

然後，水屑把原本一直抱在懷中的酒吞童子首級收進長長的衣袖中。

「酒大人的首級……還來……」

「住手，真紀！妳冷靜點！」

我憤怒到差點失去理智，馨用力拉住我的肩膀。

馨的手勁大得出奇，顯露出此刻他多拚命在克制自己。

因此我猛然回過神，停下腳步。

「叶在地獄時說過，水屑每一次死亡都會變得更強。現在這是最後一條命，加上她又變成大魔緣，靈力值加倍。到這種地步，她應該不會輕易死去吧。」

「怎麼會這樣……」

那麼，我們該怎麼做才能打倒她呢？

現在叶老師也不在了，該怎樣做……

「哦呵呵，哦呵呵呵呵。酒吞童子、茨木童子，我要你們再次體會千年前失去國家的悲傷和絕望。」

「……」

「我要再次從你們手中奪走一切，不管是故鄉，或者是珍愛的人們，而你們卻無力阻止我。因為對我來說，死亡在距離我非常遙遠的地方。」

水屑高亢地大笑。看著她勝利在望的恍惚笑容，我和馨卻沒辦法出聲反駁。

要說絕望，心裡確實是很絕望，束手無策的無力感籠罩住我們心頭。

「晴明也是個愚蠢的男人。叫我去地面上，不就等同於叫我盡情破壞淺草……」

儘管嘴上這麼說，水屑看起來仍舊對叶老師有所戒備。

「算了，也好。如果他這樣希望，我就毀了淺草吧。黑點蟲已脫離我的控制了。」

水屑下定某種決心，直接消失在黑色霧氣中。

她之前一直躲在裏淺草，就是為了專心把靈力灌注進黑點蟲，避免任何人干擾蟲洞的進展……吧？

我和馨就這樣被留在原地，只能眼睜睜看著她憑空消失。

「馨，水屑消失了！」

「我知道，她說要去地面上。這下根本發展成最糟糕的情況了。叶那傢伙到底在想什麼……」

馨口中嘟囔，仍是雙手抱住頭，拼命思索叶老師的意圖和目標。

因為他很清楚，那個男人絕不會無緣無故陷淺草於危險之中。

我開口問馨。

「欸，馨，叶老師真的……真的，死了嗎？」

他賭命施展了某種強大的術法。

在我眼中，那個場面看起來是如此。

我以為馨的想法肯定和我一樣，不料他卻露出高深莫測的神情，沒有肯定地回我叶老師「死了」。

「我也不清楚。但那個男人可是千年前把我們逼入絕境的傢伙，才不會那麼輕易就死了。」

我不住眨動雙眼。

馨講到叶老師時的眼神，再沒有一絲一毫的憎惡及懷疑，甚至清澈、乾淨，盈滿對他的信任。

「你和叶老師在地獄時發生了什麼事？」

「啊？發生了什麼事？……就是獄卒上司和下屬的關係，剛才也講過了吧。」

「……」

不只是由理，連我家老公都變成那傢伙的下屬了……

心情雖然有點複雜，但現在可沒空管這種小事。

情況變得十分棘手。

一個殺不死的大妖怪橫空出世了。

不過，在淺草……在人類的世界被水屑搞得一團亂之前，我們必須想辦法阻止她。

無論如何，都一定要打倒她。

我們糾纏千年的命運，必須在此做個了斷。

我們趕到裏淺草的最深處，以為這裡就是最終決戰的地點了，結果在叶老師和水屑鬥智鬥勇後，現在又得立刻回淺草地面上了。

因此，我們靠馨的狹間結界術和裏淺草的萬能鑰匙，在最短時間內回到地上。

「……這裡是，淺草寺？」

轉開最後一道鎖出去，來到淺草寺的本堂。

我們站在本堂俯瞰占地寬廣的寺內。

這一帶平常總是擠滿觀光客，喧囂嘈雜，此刻卻連個人影也沒有。

筆直的仲見世街空無一人，一眼就能望到底。可能是生意做到一半就接到避難通知了吧，一整排店家的鐵門都大開著。

但也因為這樣，可以略約猜測今天早上的情況。

當時這裡應該聚集了大批的人潮，其中有當地居民也有觀光客，淺草寺一如往常熱鬧非凡才對。

這種日常光景在此刻卻遙遠得宛如一場夢。

「！」

不知從何處傳來鏘、鏘，敲鐘般的聲響。

淺草寺的鐘聲……？

不對，那是什麼聲音？聽起來像是從更高、更遙遠得多的地方傳來的。

「……妳看，真紀。」

馨指向天空。

一直在旋轉的漩渦狀黑雲……一大群黑點蟲原本均勻迴轉的行動似乎開始變得紊亂。

攪亂黑色漩渦的是，金色的光波。

「那是……什麼？」

金黃色的光波配合著鏘、鏘的鐘聲，從同一個方向不斷如波紋般擴散至空中。

每一次鐘響，都有一些黑點蟲從空中掉下來。

「那聲音究竟是從哪裡……？」

「從方向來看，八成是晴空塔吧。」

馨快步跑下本堂，奔過寺內。

一直跑到可以看清楚晴空塔的地方才站定，抬頭注視天空。

我也移動到馨的位置，睜大了雙眼。

東京晴空塔。

這座電波塔不僅是日本國內最高的建築物，同時也是守護東京全境的結界柱，此刻，塔頂圍繞在金色的環狀雲之中。

那是在最後啃食了叶老師的金色飛蟲。

那群金色飛蟲聚在東京晴空塔的頂端，像是在畫圓般來回飛舞，撒下帶著亮光的鱗粉。

那個畫面真的很像一棵長了黃金樹葉的大樹。

「原來如此，叶的式神葛葉……在最後喝下了神便鬼毒酒呀。」

「咦？」

「那些金色飛蟲的鱗粉，應該是接收了神便鬼毒酒封印靈力的效果。我想叶大概有在上面施加命令的術式，讓黑點蟲失去活力，清除妖氣。」

馨才看了幾眼就分析出原因，掌握住情況。

神便鬼毒酒。的確是常世專門拿來對付妖怪，可以封印靈力的武器。

那可是當年害我們大江山妖怪兵敗如山倒的原因，絕不可能忘懷。

但如果反過來利用神便鬼毒酒強大的效果，那麼含有其效力的鱗粉，就能消除黑點蟲和有害的妖氣……這真是傑出的策略。

叶老師和葛葉早已預料到這一切。他們想必是為了拿到神便鬼毒酒，才故意去裏淺草找水屑的吧。

「叶老師……」

叶老師和葛葉在最後放出的希望，一掃陰霾的光亮。

那道光在鐘聲的推波助瀾下，傳遍廣闊的範圍。

這一刻，一股感傷情緒忽地湧上心頭。

我對叶老師的感受一直很複雜。

自從在現世重逢起，我總是忍不住要敵視他。

怎知到頭來……那個人採取的每項行動，或許全都是為了我們著想。

畢竟他曾經向我們宣告。

——我是為了讓你們獲得幸福才來的。

「？」

就在這時——

正上方忽然有一股氣息以極快速度接近，一團巨大的黑色物體掉落在淺草寺本堂前的廣場上，猛烈重擊地面。

震耳欲聾的衝擊聲響起，地面隨之晃動，刮起一陣暴風。

我一看清楚掉下來的東西是什麼，立刻臉色大變地衝過去。

「影兒！」

沒錯。我的眷屬之一，深影，綽號是影兒。

影兒現在是原本巨型「八咫烏」的模樣，看來是在空中飛行時直接摔下來的。

「你怎麼了？怎麼全身都是傷！」

「茨姬大人……抱歉……」

影兒很虛弱，但經過那般劇烈的撞擊仍性命無虞，還可以講話。

「淺草上空的黑點蟲開始出現奇特的變化，我為了觀察情況就在上空盤旋，卻遭到水屑攻擊。如果那個……那種詭異的生物，還算是水屑的話……」

影兒說到最後，不禁欲言又止。

確實，影兒的傷口傳出了水屑邪惡妖氣的臭味。

染上黑暗色彩，渾身飄散出腐臭味，極度駭人的妖狐。

沒錯，正如影兒所說。

「嗯，那是水屑沒錯。水屑……水屑化成惡妖，變為大魔緣了，就像我當時一樣。」

影兒瞄了我一眼，用成熟的語氣回「原來是這樣」。

「不過，我沒事，這點小傷不要緊。」

說完，影兒又變回平常的人類姿態。

他消耗了大量靈力，全身上下滿是傷痕。這樣怎麼可能沒事，他只是怕我擔心。

那些傷肯定不只來自水屑。

他一直在地面上為保護人類奮戰吧。

「深影，抱歉在你受傷時還來問你，但水屑現在在哪？」

馨詢問深影。

「酒吞童子大人，水屑現在正和陰陽局那些退魔師打鬥。」

「打鬥？陰陽局和那個鬼東西在對決嗎？」

「這太亂來了！大魔緣可不是一般的妖怪。普通人類只要稍微碰到她，就會立刻遭到詛咒！」

馨和我都臉色發白。

我有種不好的預感，那些人類退魔師中，說不定會出現許多受害者。

「你說的沒錯，人類退魔師沒有可以一招擊斃大魔緣的方法，但相反地，他們在嘗試要部分『封印』。」

「部分封印？」

「對，那個……」

深影正要繼續說明時，馨搶先察覺到一股正在快速逼近的氣息，趕緊抱住我和深影離開原地。

下一刻，我們原本待的位置，又從空中落下一個龐然大物，狠狠撞上地面。

那股衝擊波將漆黑不祥的妖氣向四周擴散開來。

「咳咳。」

濃烈的妖氣令我忍不住咳嗽。

全身宛如針扎般疼痛。

光是吸口氣，喉嚨就像要燒起來似的。
連我們都這麼難受了，可見這妖氣猛烈到，要是一般人類肯定會立刻死亡。
沒錯。掉下來的，毫無疑問正是，大魔緣玉藻前——
但她的外貌和我們在裏淺草最深處見到的不同，是一隻巨大而黝黑的野獸……有四隻腳的妖狐模樣。
她身上籠罩著惡妖特有的黑色霧氣，正飄盪、晃動著。
那隻妖狐全身上下都貼滿了陰陽局的靈符，似乎暫時無法動彈。
「？」
不知何時，本堂和四周建築物的屋頂上，聚集了大批身穿狩衣的陰陽局退魔師。
他們臉上幾乎都戴著紙面具，掩蓋住面容。
掩蓋住面容，有閃避妖怪詛咒一部分力量的效果，但看得出來已經有幾個人負傷了，正受到大魔緣的詛咒侵蝕。
即便如此，那些退魔師也沒有退縮，一心想制服大魔緣。

「oṃ ālolik svāhā……oṃ ālolik svāhā……」

「oṃ mahā kālāya svāhā ……oṃ mahā kālāya svāhā……」

觀世音菩薩和大黑天。

可以借助淺草寺兩大神明力量的真言，從左右兩側響徹整個廣場。

當那些真言一次又一次被重複誦念時，大魔緣玉藻前身上貼的那些靈符就宛如在呼應著真言似地閃爍出亮光，發揮效力。

剛才深影說陰陽局的退魔師在嘗試封印水屑，看來光是貼上那些靈符，就能大幅干擾她。

在專心誦念的陰陽局退魔師中，一位橘髮少年格外顯眼。

那是陰陽局東京晴空塔分部的王牌，津場木茜。

「oṃ ālolik svāhā……oṃ mahā kālāya svāhā ……」

他身穿退魔師的招牌裝束黑狩衣，是全場唯一一個沒有戴面具，露出原本面容的人。

他在胸前結印，誦念完平常會省略的真言後，抽出插在腰際的刀。

拔刀那瞬間，刀身上啪茲啪茲地迸發出火星般的亮光。

可見刀上施過力量強大的護法。

「大魔緣玉藻前，部分封印——急急如律令！」

津場木茜跑過屋頂，順著那股勁勢跳下來，從正上方對準水屑的頭，將寶刀髭切直直刺進去。

啪茲啪茲啪茲——

在髭切刺中大魔緣玉藻前頭部的瞬間，響起電流迸發般的聲響，多張靈符上的命令合而為一了。

大魔緣玉藻前因疼痛而發出駭人的咆嘯，氣勢萬千地甩動身體。

刺下髭切的津場木茜被那股力道一甩，手從刀柄上鬆脫，整個人飛到高高的空中。萬一直接摔落地面，小命就要不保了。

但影兒瞬間做出判斷，再度變回八咫烏的模樣，飛上空中接住他，把他載來我們這裡。

「茜！」

「津場木茜！」

我和馨朝他跑過去。

「……唔，痛。」

津場木茜額頭滲出汗珠，咬緊牙關好似正忍受著莫大的痛苦。

他嘴巴兩側都流下鮮血。

雙臂非常慘烈，因為承受大魔緣駭人的詛咒，宛如灼傷般潰爛發紅。

不過是把刀刺進敵人的身體而已，後果就這麼嚴重。

大魔緣對於普通的人類而言，就如同這般強大詛咒的化身嗎？

「你們，別管我了……！」

津場木茜神情痛苦地朝我們大喊。

「刺進髭切後，那個大魔緣的力量有一部分就被封印住了！她的再生能力應該已經失效了！」

「再生能力……」

「失效了……？」

我和馨都因津場木茜達成的壯舉瞪大雙眼。

那可是無與倫比的巨大成果。

在清楚必須犧牲一個又一個人的代價下，一點一滴封印住對方的力量，再趁敵人變弱時準確扳倒對方。這就是人類退魔師的戰鬥方式……

茜伸出潰爛的手臂，一把揪住馨胸前的衣服。

「聽好了，接下來就交給你們了。如果你們不能打倒她，就只能把大魔緣整個封印在淺草寺下面了。」

「……」

「但那也不曉得會不會成功。而且就算封印住她，又要永遠提心吊膽說不定哪天封印會解開，只是把打倒她的任務轉嫁給後代子孫而已，是在替未來埋下禍害。我……」

津場木茜的眼神向我們訴說了他的意志。說到一半，他又咳出血來。

我和馨牢牢接下他的意志。

「我懂，所以，你不要再亂來了。」

「我們一定會打倒她。」

津場木茜已經做了他該完成的任務。

相信我們，為我們布置好打倒敵人需要的條件。

「還有，馨！你不能用狹間結界術！」

「啊？」

聽見津場木茜追加的忠告，馨露出了奇怪的表情。

的確，那可是等同於封印住馨的絕招。

但津場木茜的表情極為認真……

「狹間結界術會把她拖進妖怪的世界。現在我們退魔師施在大魔緣身上的術法，是透過東京晴空塔這座結界柱在增幅。此刻晴空塔裡有大批祈禱師正在燒護摩，遠距支援退魔師的術法。要是你把大魔緣拖進狹間裡，祈禱的效力就會減弱，大魔緣的再生能力就有可能復活！」

「咦？」

我驚愕到發出怪聲，但悟性高的馨一聽完津場木茜這些話，頓時就明瞭叶老師的意圖了。

「……原來如此，所以叶才要叫水屑到地面上來呀。」

為了封印住大魔緣玉藻前的再生能力。

這是最重要的一件事，即便必須放棄狹間結界術也必須守住這件事，我和馨都很清楚。

叶老師也是如此判斷，才會叫水屑到地面上來。

「影兒，津場木茜就交給你囉。」

「遵命，茨姬大人。」

到剛剛為止，我們還因為水屑的再生能力而深受衝擊，幾乎要陷入絕望深淵，沒想到最後居然是靠人類的力量重見一線希望。

我內心升起對於人類退魔師，特別是完成高難度任務的津場木茜的敬意。接下來，換我為完成我的責任而戰鬥。

我重新下定決心。

這原本就是我們的戰役。

為了做個了斷，才會走到現在這一步。

第二章 雷光

「來了！」

令人寒毛直豎的殺氣籠罩住這一帶。

馨迅速在眼前張開結界。

被施下部分封印的大魔緣玉藻前，毛髮全部豎起，僅一瞬，外觀就忽地膨脹成好似一顆巨大毬果的模樣。

馨的結界使我們免於被針貫穿的命運，有幾位退魔師被刺中，紛紛從建築物的屋頂摔下來。

一條條生命如此輕易就凋零了。

原本插在水屑身上的髭切，也由於妖狐身體迅速膨脹的衝擊力道而彈飛。

儘管如此，部分封印也沒有解開，仍舊有效。

膨脹到瀕臨極限的是，大魔緣的憤怒、疼痛及苦楚——

以一個毛球來說，殺傷力實在太強了。化成一顆巨大毬果的那東西，開始以猛烈的勁勢朝我們滾過來。
她壓毀了淺草寺內一棟又一棟的建築物。
銳不可擋的氣勢輕易就破壞了一切。
但我和馨都沒有逃跑，面對直直滾來的那東西舉起刀，繃緊神經。
然後——
向逐漸逼近的那顆巨大毬果同時揮下刀，要將它一刀兩斷。
銀色劍身劃出兩道弧線，把那顆巨大毬果狀的黑色毛球，砍成三大塊肉塊了……應該要是這樣的。
「咦……？」
我卻連一點砍到東西的手感都沒有。
被砍成三塊的那東西反彈起來，飛過我和馨的頭上，直接在雷門前咻地消失了蹤跡。
那種等級的龐然大物忽然消失蹤影，彷彿剛剛只是一場幻覺。
但仲見世街已幾近全毀，因為那傢伙的攻擊身體被刺穿而倒在地上的退魔師也不在少數。這些證據在在顯示了她可不是幻想，是真真切切的現實。
我們急忙跑過雷門，來到大馬路上。

「在哪裡？」

左顧右盼，環顧四周，尋找敵人的蹤影。

「她跑去哪裡了？」

但剛才那顆毬果狀的妖狐……水屑，到處都不見蹤影。

「……不見了。」

「改變外形了吧，她可是妖怪。」

小心點。馨提醒我。

這裡是淺草的正中央。

在淺草寺的代名詞「雷門」前面。

現場安靜到連一根針落下的聲音都聽得見，在緊繃的氣氛中，我與馨背靠背，舉刀擺好架式，戒備地觀察周遭動靜。同時，我心裡有種預感。

啊，這裡大概就是最後一戰的地點了——

這裡也是大魔緣茨木童子被燒死的地方。

「混帳，混帳，該死的人類……」

不知何處傳來了詭異的聲音。

就連我們都不禁因那道聲音而感到恐懼。

我鼓起勇氣，緩緩朝聲音傳來的方向轉過去。馬路的另一頭，一個衣服下襬不斷唰唰擦過地面，籠罩在黑色霧氣中的東西逐漸逼近。

不是剛才那隻巨大妖狐，也不是毬果的，某種東西。

那是在裏淺草最深處見到的，人類外型的大魔緣玉藻前。

「每一次，每一次都要來妨礙我。可恨，太可恨了。沒有那座塔就好了，不該有那座塔。我要全部毀掉。」

看來水屑明白清除黑點蟲的功臣和限制住自己的部分封印背後的機制是什麼了。

她惡狠狠地瞪著東京晴空塔，抬起手。

手的前方是一顆黑色火球，正不斷蓄積光及熱。

那是水屑的狐火，卻跟我們至今看過的狐火簡直截然不同。

那是水屑膨脹至極的靈力滿滿灌注其中的，黑色火焰。

「她要攻擊晴空塔！」

「絕不能讓她得逞！」

要是讓她放出那種東西，不光晴空塔會因鋼筋融化倒下來，這一帶也全都會化為火海吧。

我讓自己的鮮血流到刀刃上，架好刀。

在水屑放出黑色火焰的同時，揮下刀。

我蘊藏「破壞」能力的鮮血，以及毫無保留釋放出大量靈氣的這一刀，斬裂了大魔緣水屑黑色狐火的攻勢，相互抵銷。

但雙方靈力正面交鋒激盪出的衝擊力道太猛烈，掀起一陣彷彿要襲捲淺草全域的強勁暴風。

「哇！」

「真紀！」

馨從後面撐住我差點被吹跑的身體，用結界做出牆壁擋住後背和雙腳，避免被暴風捲走。

「還沒完！」

儘管威力不如方才那一擊，水屑再次放出黑色狐火。馨在前方疊了好幾層防禦用的結界，削弱了她的攻勢。

但飛濺出的火星四散至各處建築物和地面，一簇簇火焰熊熊燃燒著。

「再這樣下去，淺草勢必陷入火海之中。」

「怎麼辦……」

在這種危急關頭不能把水屑關進馨的狹間結界，實在有點棘手。

水屑的火焰立刻遍布這一帶，團團包圍住我們。

嚴酷的熱浪，人類的身體根本撐不住。

「天酒！茨木！你們還活著嗎？」

就在這時，原已淪為火海的這一帶，在一眨眼間全覆蓋上寒冰。

空氣也一口氣變得冰涼。

從水屑後方呼喊我們的名字，施展出這股力量的——是淺草地下街妖怪工會的灰島大和組長。他身旁是大黑學長，應該說，大黑天神。

「組長……大黑學長……」

這樣說起來，組長過去是大江山的其中一位夥伴，名叫生島童子的雪鬼轉世。只是組長沒有那段記憶，一直就像一個普通人，我們才多年來都沒有發現，不曾把生島童子和他聯想在一起……

水屑的火焰被徹底覆蓋這一帶的寒冰順利鎮住了。

組長見識到自己驚人的力量，也不禁愣住原地。

「現在這個……是我弄的嗎？」

甚至還疑惑地這樣問。

「沒錯。大和，你有操縱雪和冰的潛能，然後我再稍微幫點忙，狐狸的火焰根本不足為懼。」

組長身旁的大黑學長輕飄飄地浮在半空中，得意地笑。

自己的狐火遭到消滅，水屑緩緩側過頭，用冰冷的視線瞪視大和組長及大黑學長。

「人類，和淺草寺的神明啊……」

不可饒恕，不可饒恕。

她的怒氣震盪了空氣，覆蓋的冰層開始出現裂痕。

但大黑學長卻「哇哈哈哈哈」，一如往常地開朗大笑。

「可悲的大魔緣，妳大肆破壞、惹火的可是全日本參拜人數最多的『淺草寺』和眾神。參拜者的願力，就會化為他們祭拜的神明的力量。」

話雖如此，淺草寺神明的加護也不是無止盡的。

陰陽局那些退魔師一直持續唱誦真言，就代表他們不斷在輸送自身的力量。

而且，大黑天自身並不具備打倒水屑的力量。

他頂多只能把力量借給人類。

「我們可不容許妳繼續在淺草胡作非為，大魔緣玉藻前。」

大和組長雖有幾分怯意，但在大黑天的庇護下，他作為這塊土地的守護者，仍舊不客氣地放話。

接著，他隔著水屑向我們使眼色，要我們趁這時退避。

我和馨互相點了個頭，踩著馨做的結界當跳板，暫時撤退到高處。

這段期間，組長和大黑學長不斷用言語刺激水屑，承受她憤怒的攻擊，但在大黑學長的庇佑下，兩人順利逃進淺草寺雷門的內側。這種逃跑方式實在不太帥氣，但幸好組長和大黑學長這對活寶及時趕到，才有辦法封住水屑的狐火。

影兒一直載著津場木茜停留在上空，我們便也在那附近用結界做出平台，過去和他們會合，稍微順了順呼吸。

「該怎麼做才能打倒水屑呢？」

「連接近她都不容易了，狐火和那些尾巴都不是好惹的。」

這時，坐在影兒背上的津場木茜插嘴。

「她的再生能力已經被封印了，這樣一來，答案就很明顯了吧。」

津場木茜呼吸紊亂，眼神卻仍充滿鬥志，目光炯炯地注視著我們。

「砍下首級，只有這個方法。」

那是打倒妖怪最經典的做法。

雖然剛才失敗過一次，但現在再生能力已經被封印了，只要砍下水屑的首級，就能殺了她。

這時，一道凌厲殺氣像是要截斷我們的對話般逼近。

水屑站在地面上，伸縮自如的黑尾巴如同長鞭一般伸到這裡，從四面八方堵住我們的去路。

馨立刻張開結界保護我和茜，結果自己的肩膀先被擊中。

「……」

「馨！」

「沒事，小傷！真紀，妳小心！」

趁著我的注意力在馨身上時，水屑的尾巴正朝我襲來。

「影兒，快逃！你要保護茜！」

我這樣大喊，舉刀砍向強勁甩來的尾巴。

但尾巴屬於以靈力形成的武器，頓時分裂成許多條。看來這個不算在被封印住的再生能力裡，非常棘手。

我從高處確認水屑本人的所在位置。

她站在寒冰的大海中，抬頭望向我們，臉上浮現不懷好意的笑容。

接著，朝我伸出多條尾巴，不斷甩動。

就是現在——

我舉起刀，從原先站的結界上縱身一躍。

儘管身體被水屑的尾巴掃到幾處，但我一心只有水屑本人。

「真紀！」

馨大概是察覺到我的目的，施展結界術幫我盡量擋下黑色尾巴的攻勢，避免我受到致命傷。

為了讓我手中的刀觸及她的脖子。

我的鮮血沾濕了刀刃。

我高舉灌注了所有靈力、染滿鮮血的刀，使勁揮下。

「落下吧——」

落下吧，落下吧，首級，落下吧。

刀刃確實砍進了水屑的脖子。

但水屑的首級還靠一層皮連著——

「被我碎屍萬段吧，茨姬……！」

脖子幾乎被砍斷的水屑，臉上露出邪惡又詭異的笑容，令我不寒而慄。

下一刻，分裂成無數條的黑色尾巴如螺旋般迴轉，紛紛向我襲來。

「真紀！」

來自極短距離的攻勢，我勉強用刀架開了。

但終究沒辦法擋住所有攻擊，整個人飛了出去。

這時身上受到的傷，即便對我來說也是相當嚴重。

「～！」

我勉強避開了要害和致命傷，但身體布滿撕裂傷，渾身浴血。

四肢都失去知覺，我甚至連手跟腳還在不在，是否有連在身體上，都不太確定。

流血後會益發強悍的茨姬，此刻卻全身疼痛，可見傷得不是一般的重。

我倒在地面上，全身虛脫無力。

最遺憾的是，剛才那次交手把青桐借我的刀弄斷了……

「真可惜呢，茨姬。」

水屑把差點斷落的首級擺回原處，拔下一根頭髮，熟練地用那根髮絲縫合脖子上的傷口。

「真紀！真紀！」

見我滿身是傷又血流如注，馨從高處跳下地面，呼喚我的名字。

「……啊，馨，不能過來……」

同樣的螺旋狀攻擊又再次朝我襲來。

我都說不能過來了，馨還是跑到我身旁，緊緊抱住我，在四周張開結界。但那道攻勢肯定會輕易地貫穿結界。

我和馨眼見生死交關的危機逼近，擺好架式。

然而，就在那瞬間。

眼前閃過一道雷光。接著，傳來打雷般的轟隆巨響。

「……咦？」

一個人站在我和馨的前面，像在保護我們，輕而易舉地用手裡那把刀劈碎水屑的攻擊。

那股震動空氣、不斷迸發的靈力，具備超群純度，專門用來殺害妖怪。

那個人的名字是——

「來栖……未來……」

他手中握的那把刀。

想必就是昔日砍下酒吞童子首級的，傳說中的寶刀，童子切。

他理所當然般地握著那把刀，動也不動，只是狠狠瞪著眼前的敵人。

「雷，你回到我身邊啦。」

雷，那是來栖未來過去身為狩人時的代號。

水屑早就有預感來栖未來會現身嗎？她的表情顯得很高興，張開已變成黑色的雙臂。

「來吧，雷，像以前一樣，奔進我的懷中。你的痛苦和難受，我會讓它們永遠消失，只有我可以療癒你。」

「殺。」

但來栖未來身上的殺氣非比尋常。

來栖未來。

千年前斬妖除魔的英雄源賴光的轉世，擁有酒吞童子半個靈魂的男孩子。

他那件當狩人時常穿的黑色披風在風中翻飛，電光火石之間，他已發動攻擊要直取水屑性命。

「殺了水屑大人！」

原本，如同瞬間移動般的「速度」就是他的武器。

那是因為沒了雙腳，裝上義肢後才化為可能的極致速度。

有如神明附身般的敏捷身影，速度快到連我和馨光要看清楚都很困難，更何況是水屑。

水屑跟不上來栖未來的動作，又被「童子切」這把除魔寶刀砍出無數傷口。那些攻擊似乎確實對她造成了傷害，水屑發出前所未聞的慘叫聲。

「未來，首級！砍下首級！」

上空傳來了聲音。

津場木茜提醒加入戰局的未來，要以首級為目標。

乍看之下，他現在確實占了上風。

可是……我心裡這股騷動不安的感覺是什麼？

從他迸發出的靈力中，我感受到一種他就算兩敗俱傷也要打倒水屑的狠勁。

他心裡，到底是，朝著什麼方向奔去呢……

「等一下，來栖未來！你不能一個人跟她打！」

「真紀！妳不准動，妳不能再打了。等幫妳治療完，我就會過去……」

馨按住朝來栖未來伸出手，不住掙扎的我。

這時，馨正在對我施展「獄卒術」中的治癒之術。

我感覺到數不清的傷口被一層隱形薄膜般的東西覆蓋著，緊緊包裹住。

馨放著自己的傷勢不管，一心急著治療我。

不曉得是治癒之術的效果，還單純因為失血過多，我眼皮漸漸沉重，意識逐漸遠去……

「未來！」

但上空茜大喊的聲音讓我猛然驚醒。

水屑的無數條黑尾巴習慣了來栖未來的速度，像蛇一樣扭曲纏住來栖未來。

但來栖未來的靈力絲毫不遜色，一瞬間就清除掉那些尾巴。

純粹的退魔之力，宛如光明吞噬黑暗，消滅了一切。

接著，他再次衝向水屑，不管身上受了多少傷，他對水屑的攻勢絲毫沒有減緩。

「實在……太強了……」

馨忍不住感嘆。

居然有人能憑藉人類的身體和大魔緣打到這種程度，簡直是個奇蹟。甚至令人意識到他的恐怖。

可是，來栖未來這種拚命三郎的戰鬥方式不太對勁，在我看來，他似乎打算在這一戰豁出一切。

彷彿不惜犧牲自己，也要殺了水屑的，決心。

那股意念痛徹心扉地傳達了過來。

「不、不可以……」

我再次朝來栖未來伸出手。

「那種戰鬥方式……不可以，未來……！」

那種戰鬥方式簡直就像在說，自己這條命怎麼樣都無所謂。

簡直就像在說，自己要和水屑同歸於盡。

那是一種完全不保護自己的戰鬥方式，那是在自殺。

他正在親手消滅自己的生命。

「沒關係，無所謂，已經夠了……」

他似乎是聽見我的聲音，在打鬥途中大喊。

「像我這種人，死不足惜！」

那個聲音裡滿是孤寂和悲哀。

他奔去的方向，是孤伶伶的死亡。

就在他流露出情感的一瞬間，水屑抓住這個空隙，用黑色尾巴擊中來栖未來身上多處。

「！」

即使如此，來栖未來也沒有停止。

他和水屑的戰鬥，靈力衝撞的劇烈程度根本不容我們介入，震盪的餘波一陣陣傳過來。

但沒多久，來栖未來的肉體瀕臨極限了。

他身上一次又一次中了「大魔緣的詛咒」。

和津場木茜身上的詛咒一樣。

來栖未來的肉體如燒傷般潰爛，嘴巴吐出大量鮮血，體力不支跪倒在地。

津場木茜只中了一次，身上的詛咒就那麼嚴重。連續受水屑多次詛咒的來栖未來，身體已經到極限了。

「真紀，對不起……」

「……」

「對不起，我出生在這個世界上。」

一說完這句話，來栖未來的刀就從手中滑落。

他倒在地上，再也無法戰鬥了。

用盡全力賭命相搏，在最後展露勝利笑容的是，水屑。

「呵呵，啊哈哈哈哈哈！我一直在等這一刻！吃掉你，變成酒吞童子，再裝上首級。這樣一來，我就是這個世界的鬼王了。」

水屑也受了不少重傷。

但她有一舉顛覆現狀的大絕招。

就在我們察覺到這一點時，水屑再次化為巨大的妖狐樣貌，用黑色尾巴將來栖未來高高舉起。然後……

「啊……」

把他放進自己的血盆大口中——咕咚，吞了下去。

太過衝擊，又最糟糕的發展。

這瞬間，現場所有人都在頭腦理解發生了什麼事之前，就先陷入了絕望。

來栖未來被吃掉了。

被大魔緣吃掉了。

還來不及思考，我因為馨的治療終於能稍微活動的身體就先站了起來，衝過去。

「真紀！等一下！」

我聽見馨制止我的聲音。

但我繼續向前跑。

拾起未來落下的「童子切」，拿在手裡用力往地面一蹬，然後——

跳進妖狐張得老大的血盆大口裡。

來栖未來。

前世仇敵源賴光的轉世。

身上寄宿著酒吞童子一半靈魂的男孩子。

遭到妖怪們痛恨，上一世源賴光殺了多少妖怪，出生時他就背負了多少妖怪的詛咒和不幸的男孩子。

然後，又被水屑欺騙，被利用，將我推落地獄的男孩子。

可是，他不可以在這種地方結束一生。

『對不起，我出生在這個世界上。』

我不能讓他留下那麼哀戚的一句話，獨自一人在絕望深淵中死去。

我不曉得這種心情源自何處。

但我打從心底盼望。

擁有「未來」這個名字的少年，這一世一定要獲得幸福。

第三章　守護未來（一）

這裡是哪裡？

等我回過神，人已站在烏雲密布的灰黃色天空下，放眼所見皆是一片荒蕪大地。

這裡似乎有點像地獄，但連一個鬼獄卒和亡者都沒有，也沒聞到地獄特有的硫磺味，更沒有妥善管理的痕跡。

恐怕是我從不曾造訪的世界。

但我知道飄盪在這世界裡的那些東西是什麼。

那是只有具備鬼因子的人才耐受得住的，邪氣。

我應該是，追著來栖未來，跳進了水屑口中才對。

現在手裡也握著寶刀童子切。

「這裡八成就是『常世』了吧。我正透過水屑的記憶在看著常世。」

假如這就是水屑、叶老師和葛葉的故鄉「常世」，那還真的是個走到窮途末路的世界了。

我在這種無藥可救的世界裡，啪沙啪沙一直地向前走。

比地獄更像是地獄的地方。

瀕臨毀滅的世界。

大地上空無一物。不僅沒看到一棵樹，連朵花也沒有。

就連完好無缺的人造建築物都不存在，只能從沙堆中看見一點隱約露出來的遺跡。

啊啊，不管走多久，還是只能看到沙。

沒有任何生物存在的氣息。

不過，抬頭望向天空，巨大飛行船般的物體在被結界守護的狀態下飄浮在上空。這個世界的生物，大概就是用這種方式逃到天上，設法存活下去吧。

情況惡劣到這種地步，那會轉而向異界尋求希望，寧可大舉侵略也渴望獲得安居之地的心情，我也不是不能理解。

只不過我是現世的人類，一想到萬一連通淺草的蟲洞完成了，那艘飛行船出現在現實世界……心裡就充滿憤怒、恐懼，和一種空虛……

叶老師說過。

你們只要考慮自己的世界就好了。

對，沒錯。那我就不客氣了，現在，我只為我們的世界打算。

再次於這個末日前夕的大地向前走。

風捲起乾燥的沙塵，驅趕著我。

滾出去，滾出去，不要偷看我的內心……呼嘯的狂風也像是水屑的哀號。

沙粒打在全身上下，很痛，但我屈著身子在風中持續向前。

然後，在煩人的夾沙強風中，發現了一個人影。

「來栖……未來……？」

一個人背倚著從沙堆中冒出來的廢墟牆壁，雙手環抱膝蓋坐著。

那雙腳是義肢，果然是來栖未來。

我急忙跑近。

「未來！來栖未來！幸好你沒事！」

這裡可是水屑的肚子裡面，怎麼說也算不上沒事，總之至少人平安。

不管眼前這是他本人，是靈魂，還是意念所形成的幻象，總之我都見到來栖未來了。

我在他面前跪下，對他說：

「你不能待在這種地方，水屑可是想把你納為所有。走吧，我們一起回去。」

但來栖未來搖頭。

「我不回去。」

他的回答很明確。

「我要是繼續活著，會給很多人帶來困擾。現在這樣，和水屑一起死才是最好的。」

「……」

我有點不知道該說些什麼。

該說些什麼，才能打動來栖未來呢？我完全沒有頭緒。

但我直言不諱地說，「那樣是不行的」。

「要是你變成水屑的一部分，連你體內酒呑童子的靈魂都會變成水屑的。擅長喬裝的妖怪，可以讀取自己吃進去的生物的資訊，精巧地假扮成對方。」

就如同吃下繼見由理彥的鵺。

「水屑可是打算要把你和酒吞童子的靈魂納為己用，真正變身成『鬼王』支配現世喔。」

即使聽了這些話，來栖未來依舊沉默不語。

過了一會兒，他語氣淡然地懇求我。

「那真紀，妳用手裡那把刀殺了我吧。」

「咦……？」

我驚愕地睜大眼。

我手裡的刀，是過去源賴光斬下酒吞童子首級的童子切。

「童子切能斬斷妖怪的靈魂，使之消滅。只要妳砍我，就能將我的靈魂和我體內酒吞童子的靈魂分離開來，消滅於無形。」

「……」

「不，真紀，憑妳的力量，肯定連我的靈魂也會一起消滅吧。那樣最好。那樣我就能死了，擁有酒吞童子靈魂的男人，就只剩下天酒馨了。」

「這……」

這的確是可能發生的事。

畢竟當初，酒吞童子這個鬼的首級，就是被童子切這把刀斬斷的——

那一刻，我和馨和來栖未來的靈魂綿延千年的故事，拉開了序幕。

「我累了，活著好累……對於未來，我再也不想有所期待，不想抱持希望了。」

來栖未來的聲音小到幾乎聽不見。

「我還差點殺了妳，鑄下無法彌補的大錯。真的對不起，雖然道歉也無濟於事，但我還是想說抱歉。」

所以才會再次出現在我面前。

來栖未來如此對我說。

「也讓天酒馨……因妳可能會死而擔心受怕。我聽說他甚至跑到地獄去把妳的靈魂帶回來，天酒馨是個了不起的人……和我不一樣，真的。」

「你……」

「津場木茜說要和我當朋友，說會和我並肩作戰，向我伸出友誼的手。第一次有人跟我說這種話，我很高興。可是，我不能把那麼善良的人捲進我受詛咒的人生中。也不能在這場戰役中，讓他送命。」

他環抱膝蓋的雙臂驀地收緊。

「因此，我想要獨自死去，我不想再傷害任何人了。」

他像在陳述心底的願望般，勉強擠出一絲聲音這麼說。

這個人，是真的想死。

「如果妳用那把刀殺了我，我就會連同靈魂一起消滅，可以真正消失在這個世界上。」

「可是……可是一旦靈魂消滅了，以後就連轉世都沒辦法了喔。」

這個世界系，是建立在靈魂的循環上。

我在地獄學到了這件事。

但來栖未來卻一副正合我意的反應，向我傾訴。

「沒關係，我不想轉世。轉世後還是要背負妖怪的詛咒……自己和周遭的人都會受到這些詛咒的影響，沒辦法過上幸福的人生。為了陷入不幸而投胎轉世這種事，我已經受夠了。」

「……」

「拜託妳，殺了我，然後妳就趕快離開這裡。我真的受夠了。好痛，好想消失。」

來栖未來的意志很堅定，他真心認為活著很辛苦。

我靜靜站起身，單手舉高童子切。

現在，我該做的到底是什麼？

眼前這種情況下，絕對不能讓水屑吸收來栖未來體內酒吞童子的靈魂。如果想突破僵局，或許只剩下一條路，就是和千年前一樣用這把刀砍殺來栖未來，把酒吞童子的靈魂分離開來。

如果對他而言，只有死才是唯一的救贖，那我也不能否定他的想法。

原本，源賴光就是酒大人的仇敵——

「這樣就好，天酒馨一定會救妳離開這裡。拜託妳，就殺了我吧。別管我了。以後也不用再想起我的事。」

「……」

但我握刀的手顫抖不已，我沒辦法揮下刀。

我怎麼樣都做不到，最後只好無力地垂下手臂。

「我辦不到。」

我堅決地搖頭拒絕，來栖未來瞪大眼睛。

那雙眼睛，滿是絕望色彩。

「為什麼……為什麼？真紀。」

來栖未來幾乎要哭出來了。

此刻也持續懇求我。

「殺了我吧，拜託妳！」

「辦不到，因為，你這麼溫柔。」

「妳錯了！」

來栖未來立刻反駁。

「我一點都不溫柔！我只是懦弱，只是想要逃避，只是承受不住詛咒和罪孽而已。」

這位青年對於活下去的恐懼，清清楚楚地傳達過來。

我從不曾遇見這般一心求死的人類。

「拜託妳，用那把刀殺了我。事情都到了這種地步，我知道拜託妳這種事很厚臉皮。可是，我真的很想解脫，活著實在太辛苦了。」

「……」

「如果是妳，我願意死在妳手裡。畢竟，我曾經那樣傷害妳。」

「……」

我……

我放開手中的童子切。

啪，刀落在沙上的聲音響起。

「我的名字是，茨木真紀。」

「咦？」

我朝來栖未來伸出手。

「你叫作什麼名字？」

「來、來栖……未來……」

他反射性回了名字，但我看得一清二楚，來栖未來臉上寫滿狐疑和不解，像在詢問為什麼現在要突然問這種事。

其實我心裡也在嘟囔，自己幹嘛在這種情況下自我介紹啊……

「未來，是個好名字呢。從第一次聽到時，我就一直這麼認為喔。那麼，今後也多多指教，未來。」

我半強迫地拉住他的手，一把抓起來。

然後，就如同初次見面的人一樣，牢牢握著，上下晃動。

「妳、妳在做什麼？真紀。」

「如果你想彌補我，那就活下去，未來。和我們一起。」

「……」

「對於一心想死的人來說，我這個請求或許很殘酷，或許比去地獄更辛苦也說不定。但，活下去吧。」

我們並非前世的仇敵。

也不是狩獵妖怪的人和保護妖怪的人。

讓我們只是來栖未來和茨木真紀，再從這裡開始。

「只要活下去，接下來就會有許多快樂的事。畢竟我、馨和茜，都會在你的身邊。」

我們的心之所向，一定是朝著同一個方向。

只要我們同心協力，一定會有個美好的未來在前方等待著。

「只要活下去，你一定會遇見此刻尚未相遇的重要的人。一定會有那麼一天，你會由衷慶幸，幸好自己活下來了……」

我一邊說，眼淚一邊流了下來。

他身上究竟有多少枷鎖，究竟背負著多大的不幸，此刻我才深有體會。

「對不起、對不起，我絕對不會再次拋下你不管，不會再把所有錯都推到你身上。」

「……真紀。」

「你背負的那些苦難，原本就是我們也應該承受的，你根本不用怕自己會牽連我們。照理說，我們應該要最理解彼此才對。」

要是在這裡放棄他，我大概一輩子都不會原諒自己。

而他也會在尚未體驗到原本可以有的幸福生活，尚未認識原本可以遇見的重要之人的情況下，就死了。

我不能接受這件事。

我不知道為什麼，但就是不能接受。

正因如此，我在此刻做出選擇。

不是憎恨，也並非原諒，而是選擇要「拯救」前世仇敵的未來——

「所以，活下去，未來。即使痛苦到想靠死亡來解脫，再為了活下去而多掙扎一下下吧，和我們一起。」

先前我滿腦子都是前世的恩怨，但從現在起，我要捨棄前世的一切憎恨和糾葛，我打從心底想要幫助你。

沒錯。為了守護，無法預測的——未來。

「真紀……」

我緊緊握住他的手，眼淚不停滾落。面對我熱切的目光，未來顯得十分困惑。

但他沒有放開我的手。

我也不會讓他逃開。

然後，我站起身，未來也順勢跟著站起來。

如果是現在，我應該可以從這裡把他帶回去。

我似乎在他雙眼深處，看見非常微小的希望光彩。

不料……

『想得美，我不會讓妳得逞。』

腦中響起駭人的聲音。

『妳想都別想，茨姬。』

是水屑的聲音。

來栖未來似乎又退縮了，臉色頓時蒼白。

『把他交給我，交給我，給我。』

在沙塵暴中，一道身影愈來愈清晰。搖搖晃晃，身上穿著破爛黑色和服的身影。

臉像影子一樣漆黑，看不清表情。

從黑色和服伸出來的四肢都異常細瘦。

那模樣簡直像在沙漠遊蕩的亡魂，我和未來都嚇了一跳。

那毫無疑問是水屑。

水屑窮途末路的下場。

無藥可救，墮落到底的，靈魂。

「……」

那身影實在太可悲，我都不禁有些許同情。

對那隻女狐而言，她的幸福、喜悅和內心的解脫，到底在哪裡呢？

說不定，不管去哪裡都找不到。

說不定打從一開始，她就無處可逃。
說不定，水屑的靈魂一直以來都是個「徬徨流浪的亡魂」……
『給我，把他交給我。』
水屑的靈魂伸出枯瘦如柴的雙臂，唰哩、唰哩地拖著腳步，掙扎似地朝我們走來。
可是，她沒能碰到我們。
在那之前，我就高舉起童子切。
然後——

「再見，水屑。」

我沒有一絲遲疑。
極為安靜、無情的一刀。
那一刀砍下亡魂般的九尾狐首級。
斬斷水屑靈魂的是，童子切。
童子切是能劈裂妖怪靈魂使之消滅的寶刀。過去酒吞童子的靈魂也是被這把刀一分為二。

當時，大妖怪酒吞童子的靈魂並沒有消滅，而是分裂成兩個，分別寄宿進不同的男孩子身上投胎轉世。

那正是一直延續至現代的這個故事的開端。

和當時不同，這把童子切現在吸了我的血。

具有強大的破壞欲和破壞力。

水屑的靈魂已虛弱至此，被童子切一刀砍下，即從切面逐漸粉碎、崩壞。消滅已是無法遏止的命運。

「啊啊啊啊，啊啊啊啊啊啊啊啊啊——……」

好似哀號，又如嘆息。

聽起來也像高亢的歌聲。她淒厲慘叫。

「……抱歉了，水屑。」

我沒有打算救妳，我救不了妳。

那是我最大的復仇。

相對地，妳也不用再繼續受苦了。

我們之間太過漫長的戰役，也終於畫下句點。

水屑的靈魂在終結的那一瞬間綻放出炫目的光芒，把我和未來彈出了這個世界。

「……真紀……」

剛剛，水屑把來栖未來吞下肚，而真紀追在他後面跳進水屑的口中。

即使我親眼看見那一幕，很不可思議地，我也不認為真紀死了。

只是，原本就受了重傷卻愛亂來的前世妻子，這下又來個不顧死活的舉動，這已經遠遠超出令人擔心的範圍，讓我傻眼到直接愣在原地。

真紀那個混蛋。

竟然追在其他男人屁股後面，丟下我，跳進那種鬼地方……

這種夾帶忌妒的怨氣先放在一旁。

一身黑毛的巨大妖狐連真紀一起吞下去，喉嚨發出咕咚一聲，然後……

「吃掉了！我吃掉了！我吃掉未來和茨姬了！」

有如勝利宣言般的吶喊，響徹淺草的天空。

現場那群人類退魔師雖然看不見臉，卻都散發出絕望的氣息。

坐在深影背上的茜，從雷門後方關注情勢的大和組長，臉上都頓失血色，無法掌握現狀。

來栖未來，還有真紀。

有能力打倒水屑的人類，有兩個被吃掉了。

「這下就沒什麼好怕的了，我的目的也達成了！」

然後，水屑再次變回人類的模樣。

只依稀殘留著些許水屑過去樣貌的，漆黑詭譎的大魔緣玉藻前。

我的確是好半晌說不出話來，不過——

「……噗。」

在所有人都陷入絕望時，我忍不住輕笑出聲。

大家心裡肯定都在嘀咕，這種時候還笑什麼笑吧。

水屑自然也沒有漏看我的反應。

「天酒馨，你笑什麼？」

「沒什麼。我只是在想，既然真紀追過去了，那來栖未來應該就沒事了吧。」

因我這句話而驚訝的，並非只有水屑。

現場所有人都露出「你說什麼？」的表情，直直盯著我。

「你是親眼目睹深愛的妻子悲慘死去，所以發瘋了嗎？茨木真紀已經被我吃掉，死了。」

「真紀還沒死，她要是死了，我會知道。」

因為愛的力量……才怪，我指的並不是這種毫無根據的玩意兒。

這種時刻，我打從心底慶幸自己當了獄卒。

由於我肩負監視真紀靈魂的職責，只要真紀一死，我一定會立刻得知這件事。所以，真紀還活著。

「妳身體裡有個狹間結界吧？為了偷偷保護那個腐敗靈魂的狹間結界。」

「……」

「真紀和來栖未來都在那裡，別想瞞過我的眼睛。」

大概是因為我立刻就察覺到實際情況，水屑露出「真沒意思」的表情。

從那個反應看來，她應該也很清楚自己雖然把來栖未來和真紀都吞進了體內，但還沒能真正殺害他們……

「和肉體不同，要消化靈魂，需要花上一點工夫和時間。」

水屑摸摸自己的肚子。

「反正他們是沒辦法從這裡出來的。就在我體內慢慢中毒，再連同靈魂一起消化殆盡吧。」

「別小看真紀，她一定會弄破妳的肚子逃出來的。」

「不可能，來栖未來會成為她的絆腳石。」

「……什麼？」

「來栖未來沒有活下去的意志，他八成不想從這裡面出來。茨姬心腸又特別軟，有辦法拋下那個可憐的小丑自己逃出來嗎？我就是為此，才要徹底擊碎未來的心。」

水屑勝利在望似地悠哉說明，從衣袖中取出酒吞童子的首級。

「不要從那種地方拿出別人前世的首級啊……」

「不用在意這種事，反正馬上就要變成我的首級了。」

「……啊？」

水屑露出比先前更加詭異的笑容。

然後一隻手抓住自己的臉往上扯，剛才脖子差點被真紀砍斷的那道傷口，縫合處又劈哩啪啦地裂開，終至完全分離開來。

這傢伙在做什麼啊。

她像在嘲笑我一般，把酒吞童子的首級安裝上自己脖子的斷面。

那是就連妖怪也難以置信的異樣光景。

之前的確聽說過，水屑在和波羅的・梅洛聯手時，進行過嵌合體的相關研究。

用靈力高的小孩做更換首級的實驗，而且確實有成功案例。

那恐怕就是為了今天這一刻在做準備吧。

酒吞童子的首級在轉眼間就被縫上了水屑的身體，適應片刻後，原本從不曾張開雙眼、千年前的酒吞童子首級，緩緩睜開了眼睛。

「……」

那的確是酒吞童子的臉。我從正面，與自己過去那張臉四目相交。

「這下是我贏了，酒吞童子。我就要成為現世的鬼王了。」

她頂著我千年前的臉，透過我的嘴巴誇耀。

臉上浮現充滿餘裕和惡意的笑容。

但表情歪斜不自然，眼睛和嘴巴的動作笨拙，稱不上流暢。

一切都太詭異了。

這傢伙不可能是酒吞童子，不可以是。

但水屑的確得到了酒吞童子的首級，還有那張臉。

我猜，這大概就是水屑的起死回生之策。

「再來只要等來栖未來體內酒吞童子的靈魂在我裡面融解，被消化完就好。到那一刻，就連酒吞童子的靈魂都是我的了，我會成為貨真價實的鬼王。」

「妳不要太過分了。」

我用低沉的聲音吐出這句話。

我心裡甚至不是感到憤怒，而是滿滿的空虛。

自己的首級到現在仍是引發爭端的焦點，令我打從心底感到憎惡、焦躁難耐。

心裡甚至覺得很丟臉。

「幸好真紀現在不在這裡，真的。」

我不想讓真紀看到這麼醜陋的「酒大人」。

茨姬深愛的男人，露出如此醜惡、惡意滿滿的神情，她延續千年的愛意也要冷卻了。

真紀如果討厭我，我不如死了算了。

「你不喜歡我的臉嗎？酒吞童子。」

「當然，看了就噁心。簡直像擺在刑場木架上展示的首級。」

我朝頂著酒吞童子那張臉的水屑，一步一步靠近。

「就算妳是大魔緣，落魄到這種地步也太超過了吧，水屑。」

「落魄成人類的你沒資格說。還是我把你吃掉，讓你在我肚子裡和最愛的妻子重逢呢？」

「不，沒那種必要，真紀很快就會回來。」

我淡淡回答的同時……

在她毫無察覺之下，一瞬間奔過水屑的身旁。然後——

「真的是，受夠了。」

「……咦？」

一刀就把接在那個身體上的我的首級砍斷，讓它落下。

能做到這件事的，大概只有我。

真紀肯定會心生遲疑，沒辦法狠下心來。

雖然那原本就是屬於我的東西，但我卻完全不想要那個首級。

看見那首級被這樣玩弄——甚至化為點燃爭端的火種，倒不如我就在這裡把它徹底摧毀。

這樣就好，拜託你了。

酒吞童子的眼睛，似乎正向我懇求。

連我自己都大感訝異，就這樣俐落乾脆地一刀砍斷首級。

水屑都來不及逼退我，那個首級就如同枯萎的黑色山茶花，那麼輕易地，砰一聲掉到地面上。

千年來安靜蓄積的怒氣，都展現在「受夠了」這句話，以及外道丸這一刀了。掉落後，酒吞童子的首級再次，緩緩闔上雙眼。

『為、為什麼……為什麼……？』

水屑困惑的聲音在腦海中響起。

她已經沒有臉也沒有嘴巴了，但仍聽得見她呻吟般的聲音。

沒多久，從水屑脖子上的橫切面冒出黏稠的黑色泡沫。

看起來像是血，但也像其他恐怖的東西。

「趁現在……抓住大魔緣玉藻前！」

茜大喊。趁這個時機，一直在觀察情況的陰陽局退魔師一起擲出靈符。

地面上浮現出一個巨大的五芒星，封印住無頭水屑手腳的自由。

水屑還沒死。

但她已虛弱至極，用獄卒術多半可以把水屑的靈魂徹底送進地獄。

只是真紀和來栖未來還在她體內……

「？」

就在這時。

那些退魔師放出的靈符和金縛術，被從水屑體內呈放射狀綻放出的光芒全數震飛。

我能感受到真紀鮮紅色的靈力。

——啊啊，原來如此。

真紀那傢伙，用帶進水屑體內的童子切斬殺了水屑的靈魂。

恐怕跟我砍下被拿去替換的酒吞童子首級是幾乎同時吧。

所以我才能那般輕易地把酒吞童子的首級砍下來。
一旦靈魂消失了，獄卒就沒辦法把那個靈魂送下去地獄，也不能讓她贖罪，好好品嘗地獄的懲罰了。
消滅靈魂——是最無情也最殘酷的報復，同時也是最大的救贖。
水屑已經沒辦法再轉世了。
相對地，她也不用再繼續受苦了。
水屑可是穩坐下地獄黑名單榜首的惡人，閻羅王大概少不了要埋怨幾句，但那都無所謂了。
如果那是真紀選擇的復仇，我就也認為這樣比較好。
靈魂的消滅。
「真紀！」
「未來……！」
我看見在光中被拋出來的兩人身影。
我接住真紀，茜從深影身上下來，朝倒在地上的來栖未來跑過去。
真紀四周圍繞著一股黑色的濃霧，不知為何全身還沾滿了泥土和沙塵。但那些東西也如泡沫般逐漸消失。

「真紀、真紀！」

「……馨……馨……」

「水屑死了！終於，這一切，都結束了！」

我絕對不再讓真紀做任何事。

身體上的傷就不用說了，她的靈魂肯定也精疲力竭。

她耗盡了所有氣力，意識看起來也相當朦朧。

「夠了。妳不用再做任何事了……妳已經夠努力了。」

我緊緊抱住一直拚命奮戰到這一刻的她。

原本，這就是一副受到瀕死重傷的身體。

在超越疼痛，什麼都感受不到，只剩下虛無的意識中，真紀的雙眼向上望著我，浮現淚水。

另一側的來栖未來也躺在血泊之中。

不知道他是生是死，但茜拚命呼喚他。

來栖未來傷得比真紀更重，這兩個人不趕快接受治療不行……

「喂，馨。」

「咦？」

茜指向一個方向。

我順著茜的目光看過去，頓時不寒而慄。呼吸都差點要停了。

沒有頭的女狐亡骸正在……

『……頭……頭……』

不知道她從哪裡發出的聲音，搖搖晃晃地在那一帶徬徨徘徊。

那就是水屑肉體的末路。連靈魂都沒有，一個毀壞的容器。

腐朽樹枝般瘦削的水屑倒在地上，朝一樣東西伸出手。

——是酒吞童子的首級。

我緩緩睜大眼睛。

要是讓她拿到酒吞童子的首級，水屑該不會再次復活吧？

我心中浮現這種不好的預感和恐懼，立刻就要施展獄卒術。

不管用什麼方法都好，只要能阻止那傢伙。

「咦……？」

不知何時起，我們周圍聚集了金色的光芒。

這是和黑點蟲成對存在的，黃金的妖星蟲。

那是先前一直由叶的式神葛葉養在自己體內的飛蟲，正如蝴蝶般輕盈、優雅地飛舞著。

沒有頭的女狐肉體，也被那些金色小蟲徹底覆蓋。

女狐亡骸的手，終究沒能觸及酒吞童子的首級。

她的指尖也有妖星蟲停駐，一點一滴啃噬水屑。

啊啊……她的肉體已被蟲咬得破破爛爛。

千年前把我們逼上絕路的仇敵。

原本是水屑的那副身軀倒在地上。全身被金色小蟲蓋滿看不見，然後，被吃得一乾二淨。

清除黑點蟲的鐘聲，此刻也依然持續響著。

那簡直像是在替水屑這位宿敵送葬的鎮魂鐘聲。

不久後，群聚在水屑遺骸上的妖星蟲四散，女狐的肉體和剛才的叶一樣，消失得無影無蹤。

我猛地抬頭望向天空，原本覆蓋住淺草上空的黑點蟲，也幾乎清除乾淨了。明亮的光線射進淺草。

簡直有如雨後初晴的天空。

「酒……大人……」

真紀連疼痛都感覺不到似地，拖著身子向前。

她視線的焦點，落在千年前被砍下的那個鬼首級。

那個首級再次沉睡般地闔著雙眼，靜靜立在地上。

拖著彷彿連痛楚都感受不到的身軀，不斷向前，再向前，伸出浴血的右手臂，真紀碰到了那個首級。我沒有阻止她。

千年來，她一直在找這個東西。

千年來，她一直愛著這個男人。

對她來說，那是無論花上多少光陰，都一定要拿回來的東西。

那個首級，一定也想回到最愛的妻子身邊吧。

傳說中的鬼，酒吞童子的首級，終於，又回到茨姬的懷裡……

「～～嗚，酒大人……」

真紀蜷縮著身體抱緊首級，艱難地叫了一聲，哭了出來。她的身體一直顫抖。

過一會兒，她釋放所有情感，如初生之子般嚎啕大哭。

她的眼淚不停泉湧而出，我才知道原來一個人可以哭得這麼激動。

「真紀……」

看見真紀這樣，我再也忍不住，如包覆住她一般，緊擁住抱著酒吞童子首級的真紀。然後我將臉抵住她的頭，跟著一起哭。

「馨、馨，終於……我們終於……」

「啊啊，對，結束了……。」

故事結束了。

酒吞童子和茨木童子的傳說，落幕了。

圍繞著一個首級、橫跨千年的戰鬥終於了斷了。

那同時也意味著，我們解脫了。

我們再也沒有必要受到前世的束縛。

終於可以作為一個平凡的人類，走向未來。

我們可以邁向前方活下去。

酒吞童子與茨木童子。

被淚水模糊的景色另一頭，一對鬼夫婦正朝著我們微笑，然後，轉身離去。

兩人感情要好地牽著手，順著金色飛蟲指引的方向離開。

我似乎看見了這道幻影。

〈裡章〉青桐，擔起孩子們的未來。

「……結束了吧？」

我們從東京晴空塔的展望台，觀察淺草的情況。

似乎就在剛剛，成功殲滅了大魔緣玉藻前，讓她灰飛煙滅了。

「青桐，我們沒過去真的好嗎？」

「……就算過去，我們也只會礙事。魯，我們能做的，只有幫他們建立打倒大魔緣所需的條件。」

「和叶一樣，是嗎？」

「對，和叶一直以來做的事一樣，他從一開始就看得很透徹。最後能夠打到大魔緣的是茨木真紀、天酒馨和來栖未來。要集結他們三個人的力量，才終於能打倒她。這件事，我也有事先告訴茜。」

叶冬夜這男人，在最後這場戰役開始前，把他全盤計畫都告訴了我這個陰陽學院的同學，同期進陰陽局的同事。

接著，他也下了指示，告訴我陰陽局屆時應該要採取什麼行動。

一切都結束後，救援隊已趕往現場。

剛剛也收到消息，現場傷亡眾多，但鵺大人以罕見的治癒能力救回許多退魔師的性命。

他們可是打倒了日本史上最凶惡大妖怪，大魔緣玉藻前的英雄，絕不能讓他們在這裡喪命。

我們必須保護這些英雄，盡量讓大家在本次戰役中受的傷都獲得照顧，得以恢復。那是將一切希望都託付給孩子們，我們這些大人該盡的責任。

叶冬夜曾說過。

就算打倒大魔緣玉藻前，也不代表一切就結束了。

今後的未來才是關鍵……

在我身旁，金色飛蟲輕飄飄地飛舞著。

「嗯，我明白的，叶。那些孩子，就交給我吧。」

我一說完，金色小蟲就飛離我身邊，逐漸化為光的泡沫消失。

「你還好嗎？茜。」
被送到陰陽局的醫院裡的人，有我的直屬部下津場木茜。
茜的雙手受到大魔緣的詛咒，身負重傷，但意識似乎還算清醒。
「我……完全沒事。」
他逞強地這麼回答，但似乎發燒了，雙頰通紅，看起來完全不像沒事的樣子。
「比起我，未來，未來最慘……青桐，你要救他。」
「好，我知道，我一定會救他……茜，你可以休息了。」
我一說完，茜似乎放下心來輕輕笑了，直接就失去意識。
茜按照事前交派的任務，封印住大魔緣玉藻前的一部分力量。
面對「ＳＳ級大妖怪的大魔緣」這種前所未聞的強敵，我們退魔師並不具備單憑一個人就能一招擊斃敵人的力量。
因此以這種大妖怪為對手時，我們能做的只有一次又一次地施展部分封印，削弱她的力量，再趁她變弱之際打倒她，或者是利用當地資源，把她整個封印在具有鎮守力量的土地，除此之外別無他法。

即便是這樣，我們擬定的交戰對策都做好了必須犧牲多位出色退魔師的心理準備。

這次也是在清楚津場木茜這位年輕王牌，多半必須背負大魔緣詛咒的情況下，請他負責這項任務的。

如果是一般退魔師應該早就死了……

「茨木，天酒。」

兩人都躺在擔架上被搬過來。

兩人都沒有意識，在靈力過度消耗的狀態下，身負重傷。

這兩個人明明都還不是陰陽局的退魔師，這次卻不得不把他們推上嚴酷的戰場。

茨木原本就受到在生死邊緣徘徊的重傷。

天酒為了救回茨木的靈魂，才剛從地獄回來。

當然這場戰役的緣由，也是起於這兩人延續千年的因果，但就算這樣，不得不仰賴兩個還是高中生的孩子的力量，也是因為我們這些陰陽局的大人太不中用。

然後……

「未來。」

這次傷得最嚴重的來栖未來。

他原本就被妖怪吃掉了雙腳，現在傷勢又慘不忍睹，也不知道今後能恢復到什麼程度。

據說，他採取了等同於自殺的戰鬥方式。

思及他一生的遭遇和心境，也能理解為什麼。

而且，利用這一點，促使他投身戰局的，也是我們陰陽局。

從結果來看，他的奮戰成功把水屑逼到絕境。

來栖未來的存在正如其名，是陰陽局的未來。

日後必須打造一個適合他生活的環境，傳授他控制力量和詛咒的方法，設法療癒他的身心。

接著，給予他適當的引導，讓他能盡情發揮自己的力量。這些是陰陽局責無旁貸的使命。

這次，茨木真紀、天酒馨和來栖未來這些千年前大英雄的轉世都齊聚一堂了。

叶原本就預估，需要這三個人同心協力才好不容易能打倒大魔緣玉藻前。

所以，他希望我在這個前提之下進行準備。

他保證自己一定會清除掉黑點蟲……

結果一切真的都如同叶的預料。

命中注定的那三人打倒了大魔緣玉藻前，淺草上空恢復澄澈的藍天，和平降臨。

我在晴空塔上看見了射入淺草那充滿幻象氣息的光線，令人有種新時代即將到來的預感。

而糾纏千年的命運，也終於有個答案了吧。

「然後呀，叔叔。茨木真紀、天酒馨和來栖未來——他們都平安活下來了呢。」

寬敞的會議室裡，只有我一個人。

現在透過螢幕對話的，是隸屬於京都陰陽局的土御門佳蓮。

她是我姪女，陰陽師名門土御門家的下一任當家，同時也是京都陰陽局的下一任陰陽頭。

「嗯，只是對手實在太強悍，有些人的治療可能會拖很久，不過至少都活著。」

「酒呑童子的首級被搶走，確實是京都陰陽局的過失。我會盡可能協助治療。對妖怪詛咒效果奇佳的寶果，也無限量供應。」

「這真是幫了大忙，畢竟寶果真的只有妳們那邊才有。」

寶果是先前讓茨木恢復靈力的果實。

那也是能夠幫我們退魔師淨化妖怪詛咒的藥物，是一種極為珍貴的果實。

寶果由隸屬於京都陰陽局的一個家族栽培，只能透過京都陰陽局才有辦法獲得，因此受詛咒的傷患可能不適合待在東京接受長期治療。

茨木和天酒不愧是大妖怪的轉世，對詛咒的耐受力很強，這次似乎沒有中大魔緣玉藻前的詛咒，不過……

真正的人類茜和未來就不同了。

必須讓他們接受現代陰陽界最完善的治療。

「什麼呀。也有句話是，退魔師要背負妖怪的詛咒才算是獨當一面。這就像是必須一生與之相處的疾病。只要詳加調查詛咒的性質，每天固定重複同樣的儀式，一直持續吃藥就不會有問題。京都這裡有各種方法可以處理。總有一天，這種詛咒會變得沒什麼大不了。」

佳蓮雙手手指交握在嘴巴前，以老成的語氣這麼說。

這話確實沒錯，退魔師這行幹久了，中妖怪詛咒也不足為奇。我身上也有一、兩個詛咒。

換句話說，就類似一種職業病。

「只是……一切都在叶的預料之中，是嗎？他展現出常世九尾狐老謀深算的本質，這反而令人感到未來堪憂。」

「……這倒是。」

常世的九尾狐是多麼難應付又恐怖的對手，我們這次透過玉藻前和叶冬夜被迫了解了。

他們以長壽作為武器，在人類終究難以取勝的時間跨度上擬定長期計畫，並實際採取行動。

這次是叶付出了一切才得以阻止侵略，不過……

我們今後該做些什麼，才能守護現世的人類社會呢？

「不過，明年要進入陰陽學院的那些孩子們，真是不得了的一屆。當然，佳蓮妳也算在內。京都要變得人才濟濟了，我真是有夠羨慕。」

「你還真敢說。叔叔，你明明就打算等我們細心栽培完人才，再奸詐地把他們挖角過去。叶當初也是這樣被你帶走的。」

「啊哈哈，被可愛的姪女這樣吐嘈，叔叔有點傷心呢。不過，叶那次我可什麼都沒做喔，那只是他龐大計畫中必要的一步而已。他可不是會受我這種普通人類影響的傢伙。」

「呵呵，可能真的是吧。」

佳蓮雙手掩住嘴，露出與年紀相符的少女微笑。

但目光又立刻流露出幾分寂寞。

「叶冬夜……實在是太可惜了。我一直想著等以後上任京都陰陽局的陰陽頭時，要好好尊重由偉大祖先轉世而來的他，充分借用他的能力，不過那已經不可能實現了。他真的是我們需要的人才。」

「……」

「不過，其他人還活著，叶賭上性命也想讓他們獲得幸福的那些人。」

「嗯，妳說的對，佳蓮。」

我推了推眼鏡。

「茨木真紀、天酒馨、來栖未來……這三個人在面對妖怪時，展現出令大人也折服的驚異能力及影響力，但他們在人類的世界裡都還只是孩子。我們必須守護他們的未來，他們的人生還很長。」

然後，我淡淡陳述對於將來的憂慮。

「儘管眼前SS級大妖怪玉藻前的威脅解除了，但仍有許多差不多嚴重的隱患存在。日本有遭到封印的第六天魔王，京都也還有與SS大妖怪差不多等級的一堆妖怪互相敵視著。常世的動向也令人擔心。」

「……說的也是呢，更重要的是，惡毒的人類還多得很。」

在今後的人生裡，他們肯定會遇見比妖怪更難對付的敵人。

不是妖怪，也不是常世的九尾狐。

而是這個世界裡到處都是，每天生活中都會遇見的「人類」。

他們不過是才十八歲的孩子。

陰陽界中想利用他們的掌權者，或是為了穩固自身立場而排擠他們的人類，今後都會一一出現吧。

我和佳蓮一直在和這些人進行無意義的明爭暗鬥。

「唉，頭好痛。救我，叔叔。」

原本都以成熟語調和我交談的佳蓮，突然垂下肩膀，說出喪氣話，懇求我幫忙。

到這個年紀還能坦率求助，是佳蓮厲害的地方。她雖然是我的姪女，有時候都不禁令我感到害怕，她未來究竟會變成什麼樣。

「當然，我會全力協助妳的，佳蓮。」

「嗯～感覺不太能相信耶。叔叔，你眼鏡下的那張笑臉。」

「不然妳想怎樣？」

「那不然，你先回京都來，土御門家那些愛囉嗦的傢伙由我來搞定。」

「那不可能。」

「看吧～」

我溫和地笑了。佳蓮上半身整個向後仰，伸出手指直直指向我，又說了一次「看吧～」。

她偶爾像這樣流露符合年紀的反應也挺可愛的。

但我在東京陰陽局必須做的事可是堆得像小山一樣高，實在沒辦法一味地寵愛姪女。

「佳蓮，現在也不能停下腳步。常世那些九尾狐今後不曉得會用什麼方式侵略現世，這次只是幸運關閉蟲洞，成功阻止了他們。而且背後真正的英雄叶冬夜也不在了。」

我說著說著，心中也泛起一抹寂寞似的憂傷情緒。

你不在，果然頓失依靠呀，叶。

「嗯，對，叶已經不在了，但人類和妖怪的戰爭還沒有結束。人類和妖怪的交流當然也是。因此，今後也必須借助那幾個罕見有辦法聯合人類及妖怪的英雄的力量。」

佳蓮作為肩負下一個世代的掌權者，一直都是著眼於大局。

「為了守護這個世界，還有人類和妖怪的未來——」

再誠心祈求和平，威脅也一定會到來。

壽命短暫的人類能做的，就只有把願景和希望交棒給下一代。

就只有把發生過這種戰役，曾有這些英雄賭命保護大家的事實，一一記錄，傳承下去而已。

千年後，這場戰役肯定也會成為傳說。

一個必須代代相傳的，為未來奮戰的人們的故事。

第五章　夏季入學考戰爭

這是和水屑那場最終決戰後的故事。

當時，我們有些人身受重傷、差點喪命，有些人為黑點蟲妖氣造成的後遺症所擾，也有些人因中了詛咒而飽受折磨。

不過陰陽局的醫療小組十分優秀，再加上京都陰陽局的協助，才一、兩個月，大家都恢復到可以正常生活的程度。

我跟馨恢復力之驚人連陰陽局的醫療小組都嚇了好一大跳……

至於淺草，儘管發生了那種大災難，人們的生活也已步上正軌。

當時水屑肆虐的淺草寺附近幾近全毀，幸好青桐事先施下了光陰刻度操控術，等我們清醒過來時，現場彷彿從不曾發生過任何事一樣恢復了原狀。

那和修繕不同，是一種倒轉物體時間的術法，這些歷史遺跡幸而都沒有受害，真是好險……

不過，才以為終於可以回歸安穩的生活，沒想到我和馨又得投身於新的戰場之中。

畢竟，我們可是極為普通的高三生。

沒錯——就是入學考的戰場。

「唔哇……馨，你已經徹底進入準考生的模式了耶。明明沒多久前還身負重傷，真有你的。」

「對啊，馨說想跟我一起去京都，就把志願從原本東京的私立大學改成京都大學。」

「就算是馨，要考京大還是有點難吧？」

「東大和京大的等級有多高，就連我這個不太了解的人都有點概念。如果是由理那個天才還有可能……不過，馨的頭腦也很好就是了……」

我跟阿水的悄悄話似乎都傳過去了。

「妳們兩個，很吵耶。」

馨露出不高興的神情，突然抬起頭。

這裡是阿水在淺草國際街附近的千夜漢方藥局，馨正在請由理教他念書。

「妳們兩個就好好幫馨加油啦，他都卯起來讀書了。馨很厲害喔，他的學習熱誠比之前高上太多了。」

由理展露閃亮亮的開心笑顏。

「沒錯，我可是通過了超級困難的上級獄卒考試。不過就是區區考大學，我一定考上給你們看。」

馨充滿幹勁地說。

「……馨，你變得好像書呆子。」

「是啦，馨下定決心時也是很厲害的，我相信你。」

可能是在地獄拚命K書的經驗讓他獲得信心，馨對於入學考秉持正面態度。

打工也減到最少，早晚都勤奮念書。（不過好像偶爾有執行獄卒的工作……）

「話說回來，馨，你為什麼每天都要把我們藥局當成自習室啊？」

一臉不滿的阿水終於按捺不住吐嘈了。

沒錯。在暑假期間，馨每天都來阿水的藥局念書。

「我也很無奈啊，暑假期間社團辦公室不開放，而且這張桌子很大，正好適合由理教我，再加上這裡又有冷氣，還會有茶自動端上桌。」

就在這時，在阿水藥局工作的蕪菁精靈向馨說「請慢用～」，端上新的一杯茶。就是這麼回事。

「我說啊，你可以不要把我們藥局當成能賴著不走的咖啡廳嗎？客人還要上門耶。」

「平日幾乎沒有客人來吧，你真的有在認真賺錢嗎？」

馨的挑釁成功激起了阿水的情緒，他吊起眼角反駁。

「氣死我了！我可是有一大堆長年合作的顧客！這間店只是為了宣傳和來到店裡的客人才開的！基本都是到府服務好嗎！」

啊，抱歉。

我也一直以為肯定是這間店和老闆都太可疑了，才沒什麼客人要來……

「哼，我知道那所學校門檻很高，但我也沒辦法啊。真紀要去讀京都的陰陽學院，我又奉閻羅王之命要監視真紀。換句話說，我有義務要一起到京都去。」

馨輕飄飄地說，啜飲一口茶。

「不過，京都的大學還有很多間不是嗎？你爸爸說讀私立的也沒關係。」

「混帳，青桐不是講過了？京大裡有陰陽局的地下社團，我是為了要用另一種方式和妳同樣投身那個世界～」

「嗯、嗯，我知道了。抱歉。我不會再吵你了……」

馨看起來反倒像是正因以難考的大學為目標而樂在其中。

這的確是很有他的作風，只是討厭念書的我不太能理解這種心情。

馨原本頭腦就好，相較於我，這男人總是輕輕鬆鬆就取得好成績。

只是他以前比較喜歡打工賺錢，我從沒看過他認真要好好念書。

雖然他念書遠比我認真，也不過就是考前抱抱佛腳的程度而已。

當初考高中前，他也是一副悠哉的模樣，甚至還有空教我。

因為不用認真也能得到好成績，所以至今就滿足於此了吧。

不過，因為考大學這個契機開始認真念書後，馨成績進步的幅度簡直太超過了，模擬考的排名不斷往上躍升，讓學校老師和同學全都跌破眼鏡。

我們家老公可是條件好到嚇人的新好男人。

至於我，因為要考的不是一般大學或短大，所以準備的方向和馨不同……

「啊，我也差不多該過去了，青桐和魯在等我。」

「茨姬大人也要準備考試嗎？」

影兒接過小麻糬，我應了聲「算是吧」。

「我要轉進陰陽學院的四年級，聽說只要靈力值過關就沒問題，但我幾乎沒有作為一名退魔師必備的基礎知識，目前正在稍稍學習。像是陰陽術，我也只知道以前那些。」

「現代的陰陽術有經過各種簡化，只要了解以前那些，應該很快就能上手。」

原本在指導馨念書的由理抬起頭，乾脆地說。

「由理，你的話應該是可以很快上手，不過……我很怕這些瑣碎的東西。」

「嗯——的確，真紀，妳一路以來都是用旺盛的靈力在解決每件事……」

「對對，多半都一拳就定勝負了。」

我之前也被津場木茜說過，反正我就是有目共睹的四肢發達頭腦簡單的怪力女啦。

我並不是真的腦袋空空什麼都沒想，但過去就算不特地學習術法，我只要揮出蓄滿靈力的右直拳揍下去，或用灌注靈力的刀把對方砍成兩半，再不然就是用輸滿靈力的釘棒揮出場外再見全壘打，事情差不多就都解決了。

嗯，簡單來說，就是我只要向自己的靈力許願「我想要這樣」，然後大量釋放靈力，願望就會實現。

不過如果要學習陰陽術，就必須把自己的要求和命令灌注進術式裡，遵守固定的規矩和形式來發動術法。

我因為前世是茨木童子，原本就有與生俱來的優秀靈力值。

善用這項天賦，讓自己能夠應付各種情況，是我今後的目標。

不過確實，如果只是繼續依賴天賦，我能做的永遠都是些粗勇的事。

如果有能力處理更細緻的事情，那等到陰陽局要指派我任務時，我能應付的工作種類就可以更廣。

青桐那傢伙，根本想好未來要狠狠操我了。

○

和水屑的最終決戰剛結束之後。

身受重傷陷入昏迷的我們清醒過來時，人躺在東京陰陽局醫院的病床上。

我在和水屑對戰前，原本側腹就受了相當嚴重的傷，因此躺了快一個星期才恢復意識。

馨也差不多。他一從地獄回來就投身最終決戰，想必真的累壞了，比我晚兩天才醒來。

據說穿越異界會耗費大量體力及精神力，而且因為時間的流速不同，回來後時間的感知會錯亂一陣子。

我們果然是脆弱的人類呀。

躺在醫院病床，感受身體傳來連止痛藥都阻絕不了的陣陣疼痛，我深深體認到這項事實。

「呦，妳也平安活過來啦，茨木。」

「津場木茜……」

我醒過來隔天，津場木茜曾來露過一次臉。

他雙手纏著繃帶和多到誇張的符咒，模樣十分滑稽，不過至少挺有精神的。

只是，他身旁不見來栖未來的身影。

在那場最終決戰傷得最重的應該是他才對。

他那種戰鬥的方式，不是要活下來的打法。

他認為在這裡戰死也無所謂，燃燒自己的生命，全力攻擊水屑。

他當時是打算犧牲自己，讓我和馨存活下來。

正因為清楚感受到這一點，所以我也拚命想要救他……

我認為等熬過這一戰，我們在未來應該有機會建立與前世不同的關係。

「欸，來栖未來呢？」

我問及他的情況時，津場木茜先是低聲嘟噥，才稍微壓低音量告訴我。

「命保住了。但全身都被水屑強力的詛咒燒傷、侵蝕。這邊的治療環境不足以應付，他被送到京都，在那邊的設施接受治療。」

「……這樣啊。」

來栖未來從一出生，身上就背負了許多妖怪的詛咒，畢竟他可是絕代退魔師源賴光的轉世。

他在對這些事一無所知，不曉得自己背負了什麼樣的前世，也不明白那些恐怖的詛咒究竟是什麼的情況下，在一般家庭出生、長大。然後又被什麼都不懂，也無法理解他的雙親拋棄，除了在波羅的・梅洛作為狩人活下去之外，別無他法。

現在又中了水屑的詛咒，來栖未來接下來究竟會變怎麼樣呢……？

我已經不再在意來栖未來是誰的轉世了，此刻，我只一心祈求他能平安恢復。

〇

我走到陰陽局東京晴空塔分部。

最近放學後我常來這裡，早沒了過去那種緊張感，我心情放鬆地進出這個組織的辦公室。

青桐只要看到小麻糬就會很開心，所以我今天也帶著小麻糬一起過來。

他明明是大人了，卻喜歡毛茸茸的可愛妖怪呢。

「茨木，辛苦了。小麻糬也來了啊～」

「噗咿喔噗咿喔。」

青桐開心到眼裡彷彿都只看見小麻糬，根本沒看見我吧？

小麻糬也抱住會給自己點心和果汁的體貼大哥哥，主動撒嬌。我被晾在一旁，青桐和小麻糬溫馨的交流時光開始了。

「魯，青桐每天也是那樣摸妳的毛嗎？」

「笨、笨蛋！真紀！」

充滿異國風情的黑髮美女魯，流露出少女般的羞澀神情，雙頰泛起紅暈。

和青桐一起執行任務的魯，原本是從異國被抓過來的狼人。

現在則是與青桐協力完成各項任務的好搭檔。她過去吃了不少苦，現在看起來很幸福，真是太好了。

我馬上被帶到一間會議室。

我一副熟悉自在的樣子，一屁股坐到會議室的椅子上，椅子還順著那股勁道轉了一圈。

「欸，青桐，津場木茜呢？」

「啊啊，茜去京都了，放暑假了，而且他有點擔心未來。」

「那個……來栖未來，也好嗎？」

「嗯，當然，很好喔。」

青桐眼睛眨了眨。

我聽說來栖未來保住一命了。

京都回傳來的消息是，他後來也恢復得很順利，原本令人擔心的詛咒看來也有辦法處理。

不過，那場最終決戰之後，我就再也沒見過來栖未來了。

即使聽說他在京都過得很好，偶爾想起仍是不免擔心。

畢竟他的傷不光是身體上而已……

青桐似乎看透我複雜的心情，輕輕笑了笑。

「茨木，妳不用擔心，未來現在遠比以前更有活下去的動力。專門協助他的一整套體制也很完善，只是目前看起來他應該會一直待在京都治療，妳還要很久之後才能見到他。」

「……這樣呀。」

「我倒是有點意外。沒想到妳居然會擔心未來。」

「……」

「妳不恨他嗎？對茨木童子和酒吞童子而言，他是前世的仇人吧？」

對於一個了解我們之間淵源的人來說，這是理所當然的疑問。

我垂下目光，輕笑。

「……我自己也很驚訝。對來栖未來，我心裡已經沒有任何憎恨或糾結了。」

令人驚奇地，心裡乾乾淨淨，沒有任何負面情感。

明明過去砍下酒大人首級的源賴光的靈魂就寄宿在他身上。

前世我在憎恨的驅使下最終化成了大魔緣，當時可是一心一意想著，就算追到天涯海角也要殺了他呢。

然而……

「現在，我希望大家都能過上幸福的人生。不只是我和馨，眷屬們，還有他也是。」

這一世一定要獲得幸福。

這個心願，已不再只限定於我和馨了。

「對叶冬夜，妳也是這樣想嗎？」

「咦……？」

面對突如其來的問題，我看向青桐，頻頻眨眼。

稍微思考了片刻。

「……是呢。對叶老師，現在心裡反倒只有感謝。他保護了我珍愛的淺草，提醒了我許多重要的事。」

叶冬夜。

他是另一個前世仇人安倍晴明的轉世。

但在不斷轉世的過程中，他不光曾經是安倍晴明，也經歷過許多不同的人生。

直到現在，了解了他的出身背景之後，我才終於明白他每一句話、每一個行動背後的意義。

他忽然出現在我們眼前那天，那種緊繃的氣氛，現在回想起來真是懷念極了。此刻，對於拯救了淺草的那個人，我心裡只有感謝和尊敬。

我很清楚叶老師為什麼要揭穿我們三人的「謊言」。

如果不了解，就沒辦法像這樣改變彼此之間的關係。

如果不了解，就沒辦法撼動已僵固的情感，帶來新的轉變。

如果不好好了解，真正的彼此……

「沒問題的，未來有茜陪著。對茜而言，源賴光不只是個遙遠的祖先，也是他自幼崇拜的英雄。他一定沒辦法置之不理的。」

「也是，津場木茜雖然老是一副凶巴巴的樣子，但其實很愛照顧人呢。」

「沒錯沒錯。茜雖然是老么，卻愛照顧人，也很貼心喔。」

我們有志一同地哈哈大笑。

小麻糬也跟著「噗咿喔咿喔」地笑了。

津場木茜這瞬間肯定正在打噴嚏吧。

「真是的，大家跟初遇時的印象，都變了很多呢……」

我整個人靠在椅背上，抬頭望著天花板，忍不住有感而發。

津場木茜也好，青桐也好，一開始都是討厭的陰陽局人類。

然而，現在我卻打算要加入他們的行列，人生真的是無法預料啊。實在太不可思議了。

「茨木，妳的脾氣也比第一次碰面時好多了。」

「你說什麼傻話啊？我從一開始就很溫柔喔。」

「啊哈哈。」

「啊哈哈是什麼意思啦，這裡不應該大笑吧。」

「因為，茨木妳第一次來這裡時，整個人戒心超重的不是嗎？而且還一拳把我們的式盤打壞了。妳的靈力值已經夠嚇人了，還一來就破壞東西，實在是令人招架不住啊。那個式盤可是要一千萬日圓。」

「……咦？有、有、有這件事嗎……？」

對耶，還發生過這種事。

我只好假裝失憶，但臉上冷汗直流。

青桐不懷好意地笑，眼鏡鏡片反射出銳利的光芒。

我突然搞懂了一切。

這位老謀深算的大哥，打算先讓我成為退魔師，再讓我像工蟻一樣勤奮工作，彌補當時的那一千萬日圓啊！

「好了，茨木，不能再閒聊了。妳把這些資料填完。不寫這個可沒辦法申請獎學金喔。」

「咦？等、等一下，那可不行……」

我在填資料時，青桐再次向我說明。

「妳從京都的陰陽學院畢業後，前五年會隸屬於京都陰陽局，只要認真工作，好好完成任務，這些獎學金就不用歸還。五年後不管妳是要辭職，還是繼續留在京都陰陽局都可以，當然要回東京陰陽局也很好！老實說，我是希望妳回來，東京這邊實在缺乏人才……」

「為、為了從我身上榨出那一千萬日圓嗎……？」

「說的也是，就當作是這麼一回事吧。」

「……」

被人家握住把柄了。我忽然覺得，今後對我來說最可怕的人，說不定就是眼前的青桐了……

不過陰陽局培育新世代的機制很完善。

我實質上等於可以免學費入學，又獲得了工作保障。

位於京都的「陰陽學院」，在社會上的定位雖是一間職校，但在這個業界裡可是規模最大的退魔師及陰陽師培育機構，許多與妖怪、怪異現象或靈異問題相關的資格，都可以在這裡取得。

同時，只要能在陰陽學院建立起寬廣的人脈，往後在業界也就保證會有立足之地。

在這個世界走跳就要靠人脈，因此聽說很多人在進入京都陰陽局後，就一直留在京都。

也就是說……在地理條件上，東京陰陽局有點先天不良。

「你不用擔心，總有一天，我一定會回淺草的，畢竟我打算在淺草終老一生。我是為此才要去京都的！」

「嗯——妳這話讓我不知道該怎麼回耶。」

先別管我絞盡腦汁想出的黑色笑話了。

我把進學校需要填寫的各種資料寫完。

「好，寫完後，我們再來測一次靈力值。要交給學院的數據，必須現在再重新測一次。那邊的人似乎有點提防妳。」

「提防？現在還是嗎？對我這個拯救了淺草的無敵女英雄？看來京都那些傢伙膽小鬼還不少耶。」

「好啦好啦，妳別這麼說。還是其實，妳怕式盤？」

「咦……？」

他說中了。

對於又必須用式盤測一次靈力值這件事，我緊張到極點。

「說起來，京都陰陽局在水屑那次完全沒出手幫忙。但明明是他們沒守好酒吞童子的首級才會被水屑搶走。他們是根本不在乎淺草的死活嗎……？」

我嘴上繼續抱怨，青桐則毫不客氣地在我手臂刺下針頭吸取血液。

「京都那邊也有他們自己的難處。要是派出大量的優秀人才過來，又會惹出麻煩。家家有本難念的經啊……」

青桐意味深長地微笑，把從我身上吸出的血液注入式盤的凹陷處，測定靈力值。

對了，我記得這個人是出身京都的土御門家。

青桐為什麼會在東京陰陽局任職呢？

如果連他都要逃出京都陰陽局，那我今後的人生真值得擔心。
順帶一提，我的靈力值和以前測的那次數值完全相同，青桐露出「真沒意思」的表情。
「茨木，我還以為如果是妳的話，應該可以增加一倍呢。」
他嘴上嘟噥。
雖然我早就隱約察覺到了，但這個人真的是狠角色。

我在沒有損壞式盤的情況下順利測完靈力值，收好入學所需資料，便離開東京晴空塔分部。
小麻糬也玩累了，不斷從鼻子吐出泡泡，在我懷中睡著了。
「啊，一群手鞠河童。」
剛過完言問橋的那群手鞠河童，一個接一個排成一列向前走。
他們看起來是在河童樂園下班後，剛回到隅田川來。
「今天也做了好多工作～」
「果然還是隅田川最讓人放鬆呢～」
「這種汙濁的臭氣真令人上癮呢～」

「啊啊，最愛隅田川了～」

你一言我一語說個沒完……

淺草的手鞠河童分為兩群，一群就直接住在河童樂園裡面，一群則捨不得搬離隅田川，每天走一大段路去上班。這個資訊沒什麼意義就是了。

我身輕如燕地跳過那一列手鞠河童。

「噗咿喔。」

小麻糬鼻子上的泡泡破了，爆裂聲把他自己吵醒。

他在我懷中掙扎著表示想下去。

「噗咿喔，噗咿喔～」

「啊，好好。你想跟河童一起玩對吧？」

小麻糬好像在和水屑那場決戰時，跟河童樂園那些手鞠河童變得相當要好。

我聽說，為了處罰敵方那些中級妖怪，他們用上河童樂園裡的某項設施，換了各種把戲來折磨他們。

聽說小麻糬可是大顯身手。

是叫什麼來著？雲霄飛車極刑嗎……？

「啊——是小企鵝耶～」

「你今天也辛苦啦～」

小麻糬和那些手鞠河童互相鞠躬打招呼。

我看著弱小妖怪們的嬉戲苦笑，一陣夏季微風吹拂而過，不由自主回過頭。

「……」

聳立在黃昏天空中的晴空塔。

理所當然般存在於日常生活中的這座塔，還有那些手鞠河童居住的隅田川，到了明年，我就都看不到了。

何止晴空塔，就連出生長大的淺草，我都快要離開了。

好像，忽然有一股非常難過的心情湧上來。

「我連想都沒想過，我，居然要離開淺草……」

儘管剛才跟青桐說以後會回來，但未來究竟會怎麼樣誰也不曉得。

一點、一滴，我的生活正逐漸變化。

道別的時刻，總會到來。

寂寞的心情一天天愈來愈強烈。

「喂，真紀。」

太陽漸漸西沉時，從旁邊傳來呼喚我名字的聲音。

我轉向聲音傳來的方向，果然，站在那裡的是馨。

「馨……？」

他是看到我剛才的表情了嗎？

原本板著臉站在那裡的馨，若有所思地將包包放到地上，張開雙臂。

「來吧。」

用極為認真的神情說。

我雙眼慢慢睜大，順著那股漲滿胸口的情感。

「我來了！」

我全力衝過去，奔進馨的懷裡。

頭抵著馨的胸口轉呀轉地，向他撒嬌。

在先前一連串的忙亂中都忘了，這是我們一貫表達情感的方式。

「妳的力氣還是這麼大。衝勁太猛了，傷口都要裂開了啦。」

馨嘴上頻頻抱怨，但心裡其實很高興。

「怎麼了？你不是在阿水的藥局裡讓由理教你念書嗎？」

「啊——嗯，是那樣沒錯啦，但我想說妳差不多要回家了，就過來接妳。」

「難道你是擔心我？陰陽局的人類已經不會對我造成威脅囉。」

「我知道，但妳的傷又還沒有完全好。」

「這一點，你也一樣吧。」

「我無所謂！但妳不是在我沒看到時一下消失蹤影，又一下跑去地獄嗎？」

「……在心裡留下創傷啦。」

那是三社祭時的事。

我被凜音抓走，後來又被來栖未來所傷，靈魂墜入了地獄。

一連串的大事件讓馨極度恐懼會失去我，這次經驗恐怕成了他一生難以忘懷的巨大創傷。

但經過這一次，馨想必也懂了。

當初酒吞童子先死，讓茨木童子這個鬼有多害怕、多孤單。

因此馨來地獄接我時，向我承諾了一件事。

——我一定，不會比妳早死。

超乎常識的誓約，超乎常識的，束縛。

假使我們活到變成老爺爺老奶奶，也不知道到底誰會先死，可是馨卻向我許下了這個誓言。好似在說，那是他對我的補償。

「欸，馨，真的可以嗎？」

我窩在馨的懷抱中，突然抬頭，一邊伸手摸馨的瀏海一邊問。

「我再問一次。你不用因為我要去京都，就改變自己的夢想和目標跟著我去喔？」

「……妳說什麼傻話。我的夢想只有一個，這一世一定要和妳一起獲得幸福。」

馨的臉色似乎帶了幾分得意，說話時眼神中沒有一絲陰霾。

「我沒有任何其他的夢想和目標。只要能和妳在一起，不管要我做什麼，去哪裡，都可以。」

毫不遲疑就清楚表明立場的老公，實在是帥氣到令人心裡小鹿亂撞……

「可是我去京都要住宿舍喔。你得一個人租房子，學校也不一樣，平常都不能在一起喔。太寂寞了。」

「這點小事，我撐得住。」

妳不是剛剛才說不用跟來也沒關係嗎？

馨表情傻眼像是想這麼說，我也跟著苦笑。

馨稍微鬆開我，和剛才的我一樣抬頭仰望晴空塔。

「我們不能分開。可是，一直膩在一起也不行。為了讓人生更精采、更豐富，我們必須擁有各自的生活，和許多人交流，拓展自己的世界。」

「馨，所以你才努力準備考試嗎？」

馨瞄了我一眼，有些不好意思地說。

「……我是在，舉例。當妳以後再也不想戰鬥時……能生存下去的選項多一點總是比較好吧。」

「選項？」

「作為一個普通人活下去的選項囉。到時候，我會找一份足以養活妳的工作。」

「呵呵呵，真是個可靠的老公呢。」

說的也是，未來究竟會怎麼樣，這種事沒人可以預料。

最近我一次又一次體認到這件事。

「既然這樣，我會全力支援你備考，放心吧。這也是為了我未來的安穩生活。那麼，你今天晚上想吃什麼？」

「嗯——苦瓜炒豆腐。」

「沒問題。豆腐……家裡好像有。回家前要去買雞蛋和苦瓜。你每天都想吃苦瓜，一下就沒了呢。」

「只要吃苦瓜，好像就不會在夏天感冒。」

「嗯，健康就好。畢竟你現在這個時期很重要。」

小麻糬正和那些手鞠河童互相追逐玩耍，我從後面一把將他抱起來。

「好了，要回家囉。小麻糬。」

「噗、噗咿——噗咿——」

小麻糬不斷掙扎抗議。但最近，我已經知道該怎麼應付他的反抗了。

「回家後，就給你看麵〇超人。」

這種時候，要說出這句有魔法的話。

小麻糬應了聲「噗咿喔？」收起反抗舉動，變得十分乖巧。

這年紀的小朋友，大家都喜歡吧。就連企鵝寶寶都變成忠實粉絲的圓臉麵包戰士真厲害，就算沒有頭也能活下去。

「跟河童說掰掰。」

小麻糬聽話地說「掰掰」，朝手鞠河童揮動翅膀。

「……他剛才，說了掰掰耶。」

「他最近偶爾會說一些噗咿喔以外的話。像是麵包。」

「完全是受麵〇超人的影響吧。」

「不過，他上次也說過爸爸喔。」

「咦？真的嗎？我錯過了啊……？」

沒聽到第一聲爸爸的馨有點受到打擊。

「媽媽是在前陣子就會講了，但爸爸可能是因為發音和麵包（註1）相近才會說的。」

「這樣呀，麻糬糬也長大啦。」

就在我們準備離開時。

我忽然聞到一股苦澀的菸草味，我猛然一驚，回過頭。

下意識地左顧右盼，尋找某個人的身影。

「真紀，怎麼了？」

「欸，馨。」

我輕聲說。

「叶老師，真的死了嗎？」

晴空塔亮起燈，發出水藍色的光芒。

黃昏時分，妖怪的氣息也愈來愈濃烈。

可是總穿一身白袍又是老菸槍的那個金髮男人，已經不在淺草了。

馨沉默了一會兒。

「我不知道。」

他這麼說。果然，沒有用「死」這個字。

「叶的決心是無庸置疑的。這是我個人的想法，但我認為，那傢伙也該好好休息了。」

好好休息……嗎？

「也是……呢，叶老師人生落幕的方式或許也挺理想的。」

總是陪在他身旁的金色狐狸，式神「葛葉」，聽說原本就是他的妻子。

儘管歷經一次又一次轉世，兩人直到最後都在一起。

而且為了實現同一個目標，一同迎接死亡，這種結局並不壞。

註1：日文中爸爸（パパ）和麵包（パン）的發音相近。

反倒令人感到羨慕，我也有點想像那樣……和馨一起迎向死亡。

「只是啊，我完全不覺得那個男人已經死了。」

「咦？」

「那傢伙可是地獄的高官，可以輕易威脅閻羅王，還可以違反規矩執行泰山府君祭，老實說，感覺好像什麼都有可能……嗯……」

馨心裡好像有什麼猜想。

雙手交叉在胸前，嘴裡喃喃有詞。

我是不太清楚，但馨在地獄曾學過世界的組成架構及靈魂的循環系統。在他看來，「叶老師死了」這件事似乎不是那麼確定。

不過，倒是真的。

那個男人可是一次又一次，簡直纏人似地不斷轉世，持續出現在我們眼前。

直到現在我仍沒有他已經死了的真實感，也總是感覺好像還會在哪裡突然碰到他。

那個男人就是這麼莫名其妙，超乎常理。

第六章 抉擇之秋

季節移轉，時序邁入秋天。

和水屑那一戰受的傷也全好了，只可惜傷疤仍遍布全身。

以我令人驚異的恢復力，這些傷疤應該也很快就會消失，但馨每次看到我的傷疤就皺眉，不是問「還痛嗎？」就是警告「不准亂來」，操心得要命。讓我真想快點回復原本光滑的肌膚。

至於淺草的人們，在大黑學長的加護下逐漸忘卻那場騷動，找回人類平常的生活。

「咦？阿水，你要在京都開分店？」

「對喔～真紀，我怎麼有辦法離開妳。」

今天也和平時一樣，馨為了準備考試在放學後來到千夜漢方藥局。

然後，我們從阿水口中得知藥局要開分店的消息。

換句話說，明年起阿水也會一起去京都了。

「噁心到極點，糾纏高中女生的中年男性跟蹤狂，差不多該抓到警察局了吧？」

唯獨這個無法當作耳邊風嗎？原本拚命念書的馨抬起頭，一如往常辛辣地吐嘈阿水。

只可惜對現在正在興頭上的阿水沒什麼殺傷力。

「呵呵，隨便你怎麼說。我身為真紀的第一個眷屬，當然要追隨她到天涯海角！沒錯，就算是天涯海角、天涯海角、天涯海角！」

阿水渾身充滿幹勁，一雙眼閃閃發亮。

至於我則是面露困惑神色，心想……就算眷屬也不用做到這種地步吧。

「阿水，你留在淺草也很好吧？有需要時，我會不客氣地召喚你的。叫你搭新幹線，或是請影兒載你立刻過來。」

「那可不行！那樣不行啦！心跟心的羈絆～就算相隔遙遠也不會消失～這種話啊，根本不行啦！我就是想要實質上待在妳的身邊啦！」

「不行的是你啦。」

馨的吐嘈遭到忽視，阿水繼續熱血沸騰地說明。

「而且我也想精進身為藥師的能力，京都有我感興趣的東西。就是，真紀，妳記得嗎？妳在最終決戰前剛醒過來時，青桐給妳吃的那個東西。」

「咦？啊，嗯。那個像冰糖一樣透明的果實吧。」

「那個叫作『寶果』，是一種相當罕見的藥物，只在京都有。身為天才藥師，我覺得那東西很值得研究，或者應該說，我一定要想辦法搞清楚。」

「哦～」

那種果實在恢復身心及靈力上的效果的確遠超乎常理。

在那場最終決戰，我能拿出全力戰鬥，就是因為青桐讓我吃了那個果實。

那到底是什麼玩意兒，我現在還是不太清楚就是了……

京都還有許多我們不曉得的「事物」存在，阿水似乎一直很感興趣。

不過，也是呢。

換個角度來看，阿水終於能夠離開淺草了。

原本，淺草這塊土地，是茨木童子喪命之處。

在茨姬化為大魔緣後，阿水仍一直守著她直到她死去，是長年留在淺草這塊土地的眷屬。一直留在這裡的阿水，終於從那個束縛中解脫，對外地產生興趣，決定搬遷至其他地方居住。

說不定這其實是一件天大的好事。

阿水已經自由了。（就算他是我的跟蹤狂）

「阿水要搬來京都，表示你們兩個也會來囉？」

我詢問正在其他座位做事的影兒，以及正優雅享用紅茶及蛋糕的木羅羅，兩人互看一眼。

然後，有志一同地輕輕搖頭。

「不會，其實……我們打算留在淺草。」

「咦？」

「是啊，我離不開這個地方。」

木羅羅有些落寞地笑了。

木羅羅的本體現在是河童樂園的結界柱，就算可以移動到一定距離之外，但要搬到京都實在是太遠了。

「……對耶，說的也是。」

「不過沒關係。留在這塊土地，繼續守護這裡就是我的職責。在和水屑那場戰役中徹底守住河童樂園，是我的驕傲。」

把手放在胸前清楚宣告的木羅羅，神情看起來十分可靠又自豪。

「所以，是我自己想要這麼做的。而且，茨姬，也為了妳有一天要回來，我會一直保護這塊土地。如果想妳了，坐到影兒背上飛去找妳就行了。」

「木羅羅……」

木羅羅的笑臉充滿慈愛光輝，很美。

我忽然有一種預感，木羅羅將來說不定甚至會成為這一帶的守護神。

說起來，聽說那些手鞠河童實際上也正在河童樂園蓋「木羅羅神社」了，她已經成為河童們敬仰及依靠的對象了吧。

影兒聽了她的話，在旁邊交叉雙臂，頻頻點頭附和。

「我也打算和木羅羅一起留在淺草。雖然也想追隨茨姬大人過去，但淺草地下街妖怪工會也問我要不要當正式員工。」

「咦？真的嗎？」

不光是我，馨也從參考書抬起頭。

這個全身上下都充滿老么特質，行事笨拙的影兒，要成為淺草地下街妖怪工會的正式員工？

正式員工這個詞跟他完全不搭，但影兒神情得意，充滿了自信。

「對！我打算和淺草的妖怪們一起工作，努力維護這塊土地的秩序。茨姬大人，在妳回來前，我絕對不會讓那些壞蛋在淺草胡作非為。阿水，怎麼樣！我要獨立了！也要脫離你的扶養，以後你就不能叫我白吃白喝的尼特族了！」

影兒洋洋得意地雙手扠腰，昂首挺胸「嗯哼」了一聲。

「喂，這件事明明就是我促成的吧～～！」

「哇啊啊啊啊啊，住手，阿水，我宰了你。嗚——」

影兒鬼吼鬼叫，阿水用拳頭按住他的太陽穴，轉了幾圈……

我真的嚇了一跳。

在和水屑那場最終決戰中，多數眷屬都待在河童樂園保護其他受傷的妖怪，和水屑麾下那些中級妖怪對戰。

那時，影兒因為能在空中飛翔，不是協助載送淺草地下街或陰陽局的人員，就是忙著把吸進黑點蟲妖氣昏厥的人類送離淺草去避難。在那種狀況下，能做到這件事的只有影兒。

和我們碰頭後，他也一直護著受傷的津場木茜。

如果淺草地下街妖怪工會是肯定他這些表現，才邀請他加入組織成為正式成員，那真的很棒。淺草地下街有大和組長在，阿水也能放心把影兒託付給他。

每個眷屬都自由地考慮自己的未來。

不是一定要待在我身邊，而是各自思索自己能做些什麼，什麼才是自己獨有的特長，再據此選擇未來的道路。

這讓我好欣慰。

為他們深深感到驕傲。
「這樣呀，你們也各自朝未來踏出邁向獨立的一步了呢。」
我忍不住用手指輕抹眼角。
「咦？茨姬大人，妳在哭嗎？」
「那當然！一定會哭啊！會大哭喔！我們家的孩子都長大了……」
這些眷屬，自從在大江山相遇後，他們既是可靠的夥伴，也情同家人。
但在酒吞童子死後，茨姬拋下他們，投身於復仇的道路。
儘管如此，眷屬們還是被茨姬的存在束縛，死心踏地跟著她。
和糾纏千年的仇敵水屑決戰帶來了新的轉機，他們逐漸從前世的恩怨中解脫。
往後的日子，他們將愈過愈自由。
我和馨既然轉世成了「人類」，離別的時刻有一天必定會到來，屆時他們要能接受這項事實才行，所以能在其他地方找到歸屬感，勢必是更健全的。
那些眷屬也下定決心，要從一直窩著的舒適圈站起身。
然後，朝未來邁出一步。

我如常前往東京晴空塔分部向青桐學習陰陽術的基本知識，回淺草時順道去了牛嶋神社。

那間神社供奉的是，千年前大江山的夥伴牛御前。

牛御前是源賴光的妹妹。或許是背負了整個家族的業力及詛咒，出生時就有一對牛角，差點要因此被處刑時，是酒吞童子和茨木童子救了她。

在那之後，她視酒吞童子如父，視茨木童子為母，就如同無子嗣的兩人女兒般，日漸成長茁壯。有時想捉弄凜音卻反遭報復，有時則拔深影的羽毛把他弄哭……不時調皮搗蛋……

昔日的淘氣小公主牛御前，現在可是位在淺草對岸、隅田川旁牛嶋神社的神明了。我們這群人之中，現在最有出息的就是牛御前了。

可是……

「快點，動作俐落點！你們犯下那些罪，原本可是遭陰陽局肅清也不為過！」

「是、是～」

一群牛鬼正在清掃神社境內的落葉，牛御前則大力揮動愛之鞭。

她現在也負責教化那些偏離正軌的不良牛鬼，是給予更生機會的偉大媽媽。

在和水屑那一場戰役中，靠向水屑一方的牛鬼們。

那些牛鬼以前在合羽橋使壞時已經被我扁過一頓，後來又受到牛御前的調教，最後卻還是聽信了水屑的好聽話，背叛我們。

特別是牛鬼元太，老實說，我真的是失望透頂……

牛御前不忍放棄這些牛鬼，主動找陰陽局談判，約好再次收留他們，就近重新教育一番。

今天她也一如往常地揮動愛之鞭，抽得那些牛鬼七葷八素的。那副模樣簡直像是我在地獄裡見過的鬼獄卒。

但牛御前一發現我來了，態度就一百八十度大轉變。

「啊，母親大人，歡迎妳來。」

柔聲歡迎我，流露出女神的微笑。

「妳下手還是這麼狠耶。」

「當然。這次我們家這些牛崽子給大家添麻煩了。做媽媽的，理應要矯正孩子的惡行。」

「不過，還是要適可而止喔。」

「我明白。而且，那些牛鬼其實並不是那麼討厭我的愛之鞭。」

「嗯……我說的適可而止，就是這個意思。」

對那些牛鬼而言，這與其說是處罰，應該更像犒賞吧？

心裡雖然有各種想法，但我站在奶奶的立場上，想要溫暖守望那些被牛御前揍到開心不已的牛鬼們。

「唉啊，明年起，就沒辦法常常見到母親大人了呢。」

坐在牛嶋神社正殿的牛御前明顯垂下雙肩，嘆了一口氣。

最近我每次過來，她都是這個狀態。

「我只是要去京都幾年而已。在活了超過千年的神明和妖怪眼中，只是一瞬間的光陰吧？」

「是這樣沒錯。的確是這樣沒錯，可是……母親大人，也有可能妳愛上京都，然後就不回來了。」

「我有一天一定會回淺草的，我可是打算再次死在這裡呢。」

「……呸呸呸，這種話不能亂說。」

昔日曾在淺草死過一次的我才能說的黑色幽默，又被打槍了。

牛御前不買帳。

「不過，我自己認為這個決定很好呢。馨看起來很享受讀書備考的過程，每個眷屬也都認真思考自己的未來，即將踏出新的一步。」

我把前幾天才剛聽說的眷屬們接下來的打算，一一告訴牛御前。

特別是木羅羅的部分。

「木羅羅說，他要留在這裡繼續當河童樂園的結界柱。我聽到他這麼說時，就想到妳，牛御前。說不定木羅羅有一天也會像妳一樣，成為紮根在這塊土地上的神明呢。」

「木羅羅大人嗎？他作為結界柱的能力可是不輸神明，非常出色，十分值得信賴。老實說，比起結界柱屢次遭到破壞的淺草七福神還要可靠……咳咳。」

牛御前將食指比在嘴巴前，暗示這句話要保密。

大概是真心話吧……

「也就是說，我會和木羅羅大人一起從淺草外圍牢牢保衛淺草囉？」

「嗯，是這樣呢。我們不在的淺草，就拜託妳們了！」

我們不在的淺草……

話雖是自己說出口的，但實在令人有些傷感。

為了掩飾內心的感傷，我用力捶牛御前的後背。力道大到甚至讓牛御前開口說，好痛喔，母親大人。

秋末冬初的西北風穿過境內，早已紛紛染上黃、橘或紅的樹葉搖曳著。目光再延伸出去——

我看見一個人影。

不知從何時起，銀髮的一角鬼佇立在參道上。

「凜音……」

原本坐在正殿的我，驀地站起身。

我看向牛御前，她說「請便」，於是我就朝凜音跑去。

凜音和平常一樣神情冷淡，一副酷酷的樣子，不過……

「茨姬。」

等我跑到他面前後，他用略帶憂慮的聲音輕聲叫喚我的名字。

「好久不見了呢，你最近完全沒有出現。」

上次見面，說不定實際上有半年之久了。

我在陰陽局的醫院甦醒過來那天夜裡，凜音有來看過我，後來就再也沒出現過了。

我不知道他人在哪，又在做些什麼，只聽說他有時候會和阿水跟陰陽局的青桐連絡。

為什麼會跟青桐連絡？儘管心裡有點疑惑，但我想說只要凜音平安無事就夠了，也沒有特別追問。

說起來，這也很符合凜音一貫的作風。真是的，這個神出鬼沒的老三眷屬。

在牛御前和那群牛鬼的目送下，我和凜音走出牛嶋神社。
然後，在隅田川岸邊能清楚望見對岸淺草街景的鋪磚步道上走著。
這裡不是我平常散步、淺草那一側的隅田川岸邊，而是隅田川靠向島那一側的步道。
「茨姬，傷都已經恢復了嗎？」
「傷？哪個傷？」
我用肢體語言表示，「傷我可多的是」。
凜音瞇起眼，神色有些複雜，別開了目光。
「……腹部上來栖未來留下的傷，那次最嚴重吧？」
「啊啊，那個的話，已經完全好了，只是在側腹留下了清楚的疤痕。啊，你要看嗎？」
我忽然想到似地正要拉高衣服。
「不用給我看！不用給我看！」
凜音的聲音有幾分著急。
凜音大概還在為當時的事感到內疚吧。
來栖未來用手刀貫穿我，讓我在生死邊緣徘徊那次……

那是在凜音的據點，非人生物庇護所發生的事。

「對了……欸，你知道嗎？」

因此我直接轉移話題。

「阿水明年要去京都開分店，他想暫時以京都為據點做生意。」

「……我好像也聽他提過這件事，只是沒什麼興趣。」

「啊，這樣啊。」

凜音似乎對於其他兄弟眷屬的近況沒什麼興趣……

「那你今後打算怎麼樣？」

我真正想問的是這件事。

水屑這個頭號敵人沒了，千年來圍繞著我和馨的紛紛擾擾也了斷了。

凜音和其他眷屬不同，不太會主動講自己的事，我便自己問了。

但凜音眼神淡漠地說：

「我有義務要告訴妳這件事嗎？」

「啊？」

「不管我在哪裡做什麼，都跟妳無關吧。」

「咦？」

哼，真不可愛。明明是我的眷屬，卻一點都不可愛。

所以我也交叉雙臂於胸前，用惡作劇口吻問：

「這樣好嗎？我可是要去京都囉？」

「所以咧？」

「我、我可是要進陰陽局的學校喔！以後可能都沒辦法輕易見到面了。這件事你有搞清楚嗎？」

我被激到真的有點冒火，凜音仍是一副不以為然的態度回應。

「只要妳呼喚我，我就會在。」

這、這是哪招。

跟阿水不同款的跟蹤狂嗎？

但不同於坦然撒嬌的阿水，凜音看來和以前一樣傲嬌。

「這不是一個半年都不見人影的傢伙說的話吧。」

「那是因為妳沒有呼喚我。」

「這個意思是，所以你會來京都嗎？」

「當然，我已經準備好據點了。」

「啊，這樣呀。」

不愧是凜音，動作真快。

凜音不在意我略為傻眼的反應，望向隅田川對岸的淺草街道，淡淡開口。

「我以前也曾在京都待過一陣子，那裡有外來種的大型庇護所。」

「咦？真的嗎？」

「京都有許多自古以來的風俗習慣，外來種要融入很困難。即使都是妖怪，原生種和外來種之間也常會出現歧視、紛爭或搶地盤等問題。這種時候都是由京都陰陽局的退魔師介入調停。」

「哦，還有這種問題啊。京都的陰陽局也滿辛苦的……」

我未來也會接觸到這些和妖怪有關的問題，深入其中吧。

凜音對日本各地妖怪的現狀瞭如指掌。不只日本，世界各地妖怪的情況，他也相當清楚。

那是因為凜音在茨姬死後做了很多事，以及他的生活方式所導致。

「我原本就一直到處移動。我跟阿水不同，不是一直留在淺草生活。所以，茨姬，妳要去京都，算不上什麼大事。」

「……說的也是，你都離開過日本了。」

「是啊。所以，想見妳時，我就會去找妳。」

凜音轉身面對站在他旁邊的我。

我也抬頭看向凜音。

現在回想，這一世是經過各種麻煩事才和凜音重逢的。

他一開始用了種種方式來測試，名叫茨木真紀的這個人類小女生是否真的是「茨木童子」的轉世。

也做了不少，要說是作弄又有些太過惡作劇了的亂來事情……

不過，我猜，凜音從最初就明白了，我就是我。

他只是想把許多我說不出口的真相，告訴待在我身邊卻什麼都不知情的馨而已。

只是用一種半強迫的方式，逼沉浸在虛偽幸福中的我們睜開雙眼看清事實。

就算他表面上扮演壞人，暗地裡也一直為我奮戰著。

「只要妳呼喚我，不管在哪我都會飛過去。」

「……凜音。」

「只要妳活著一天，我就是妳的眷屬。」

那雙帶著憂傷的眼眸注視著我，他俐落拉起我的手，在我手背上輕輕落下一吻。

紳士舉止的背後，燃燒著凜音熱烈的感情。

他明知這份感情不會得到回應，仍以一個男人的身分一直愛著茨姬。我也清楚說過，我容許他在我活著時一直愛我。

「你這樣說，我真的會因為一些芝麻小事就使喚你喔。像是叫你來換天花板上的燈泡，或是來搬家具之類的。」

「叫啊，我隨傳隨到。」

「或是突然下起雨時，叫你送傘過來。明天想出遠門，叫你來開車，之類的。」

「可以。相對地，看在我乖乖聽話的份上，我要妳的血。」

「……這才是你真正的目的吧。」

「當然。」

在秋季的西北風中，凜音臉上浮現充滿餘裕的笑容，一頭銀髮隨風飛揚。

大翻白眼的我，紅色的頭髮則是被吹得亂七八糟的。

「好啊。既然你都這樣說了，那我在京都也要盡情使喚你，就像陰陽師的式神那樣。」

「那不如，要締結式神的契約也可以。」

「不要說傻話了。」

凜音的神情極為認真又寫滿得意，我忍不住伸手戳了戳他的頭。

「式神契約和眷屬不一樣，束縛多得很，由理也說過是份苦差事。就連那個由理都會抱怨了，很有說服力吧？」

「……」

「我希望你自由。我們之間就算沒有那種強力的束縛或契約，相互幫助的緊密程度也一定不會輸給式神的。因為我們是家人。」

凜音原本看起來有些不服氣，但一聽到「家人」這兩個字，似乎也就接受了。

講半天，結果凜音才是一直最被茨姬的存在束縛住的眷屬。

凜音真正的自由，可能還要很久以後才會實現。

但凜音選擇待在我的身邊，也是一種不受束縛的自由。

既然如此，我也希望自己在活著時，可以接納眷屬們的心願。

還活著時，我想當他們心裡的依靠。

眷屬們上一世為茨姬傾注所有，這一世也盼望我能過得幸福。儘管和他們的付出相比微不足道，但這是我的報答。

第七章 於冬季歸來的人

「真紀，妳明年是要去京都嗎？已經推甄上的人，這段期間真是到哪都被嫌棄，對不對？」

「七瀨，妳也靠運動績優甄試上了志願校吧？恭喜。」

「所以，真紀，妳是哪間職校啊？一直堅持不告訴我們。」

「嗯——是一間很難解釋的學校，妳就別問了。」

放寒假前。

我和班上同學七瀨喝著鋁箔包果汁，在教室外的走廊看著窗外，棒球社正在比賽。

我們畢業後的路都決定了。

七瀨靠運動績優甄試上了東京都內的大學。

「但天酒那傢伙，居然因為想跟真紀一起去京都就報考京大。真是驚天動地的愛意耶。最恐怖的是，他好像還真的辦得到。」

「大家好像都以為是我想黏著馨，才要去京都讀神祕的職校就是了……」

不過，無所謂啦。

反正就算有人問我詳情，我也答不上來。

「但天酒真的很厲害耶。這一年拚命念書，現在成績就爬到全學年前幾名了，全國模擬考也拿到好成績，老師們都樂得要命，還有天酒那些粉絲也是。按照這種氣勢，京大多半是沒問題了。」

「嗯，馨一定可以的。他就是這樣，真的要做時就很厲害，畢竟他可是我老公。」

「咦？」

「啊，嗯，我是指未來的老公。」

啊，七瀨一臉嫌棄。

都這麼久了，七瀨還會為我跟馨的恩愛傻眼。

「不過，事到如今，我是不會吐嘈妳們的。」

七瀨捏扁喝光的鋁箔包……

「雖然我們以後念不同學校，但偶爾要連絡我喔。真紀，妳回東京時，我們再出去玩。還有，結婚時要叫我喔。」

「當、當然。」

除了馨和由理以外，七瀨就是我認識最久的朋友。

以後學校不一樣，東京和京都的距離又很遠，見面的頻率，或是像這樣閒聊的機會，都會少很多。

雖然不是以後都見不到面了，心裡卻還是寂寞。

我的青春時代，一直都有七瀨在身邊，她是我很喜歡的女性好友。

這時，另一個女學生突然從我和七瀨之間探出頭來。

我和七瀨不禁都嚇到雙肩一震。

「可惡，妳們已經推甄上的人就是這樣……」一副閒閒沒事幹的樣子。」

「啊，相場……」

「結婚時也要叫我喔……我會幫妳們拍照的……」

一手拿著參考書嘟噥這些話，又輕飄飄晃回教室的準考生幽靈。

不是啦，她是新聞社的相場。

「相場成績好，她要考的學校又排名很前面，現在很拚呢。我們也差不多先聊到這吧。」

「也、也是。」

現在是考前最後衝刺階段。這個時期，教室裡的氣氛異常緊繃，同學的情緒都不太穩定，還有人會無預警大叫或突然哭出來。

我在準備考高中時，為了要和馨跟由理上同一所高中，也是拚了老命在念書。最後那幾週的事我幾乎都記不得了，所以很能理解他們的心情……

像我這樣已經確定下一步的學生，在走廊上悠閒地晃來晃去，他們看在眼裡一定很不是滋味吧。

因此，七瀨去找學妹，至於我，就朝美術器材室走去。

大黑學長有說過，差不多該把美術器材室整理乾淨了。

心裡雖然捨不得，仍動手拆下貼在門上的瓦楞紙板。

在「美術器材室」下面掛的「民俗學研究社」的牌子，也得拿下來才行……

「嗯——」

我伸長了手正要取下牌子時，一個人從後面輕巧地搶先拿走了。

我回過頭，是由理。

「……由理，我差一點就可以碰到了。」

我氣嘟嘟地鼓起雙頰。

「拜託，根本就還差很遠，妳怎麼沒搬東西來墊腳。」

由理說出非常實際的意見，笑個不停。

他是妖怪，不需要準備考試。只是為了避免學校老師和同學起疑，他好像也報了幾家東京都內的大學當煙霧彈，但終究是不會去讀的吧。

因為……

「由理，你明年也要去京都吧。」

「對，四神原本就是京都的神明，而且我也想跟妳和馨在一起。」

嗯嗯，由理今後也會在身邊，就讓人感到好安心。

我才在心裡這樣想，

「不過這是明面上的理由。」

「只是明面上的理由喔。」

「若葉啊，最近實在是嚇死人了。」

「咦？若葉……？」

由理忽然望向遠方，說起妹妹若葉的事。

若葉在淺草遭到封鎖時來不及逃出來，是由理去救她的，聽說她在那時想起了由理的事。

「她後來立刻就找到我了。畢竟我一直都在這所高中，用夜鳥由理彥這個名字生活，這個名字實在提示太多了。這樣說好了，我大概……被盯上了。」

「……跟蹤狂嗎？」

這邊也出現一個跟蹤狂啊……

「而且她最近好像有跟陰陽局的青桐連絡，不曉得是誰幫她們牽上線的。若葉原本看不見妖怪，但她潛在的能力應該相當大，畢竟她是玉依姬的體質……」

由理臉色發白，雙手抱頭。

「若葉該不會……打算當退魔師或陰陽師吧？老實說，我是希望她不要……但事到如今我也沒資格干涉她的人生……」

「為什麼啦，由理，她願意做這麼多，是真的很想了解你耶。自己重視的女生追著自己跑，也是你想要的吧。」

我有聽說，給人印象溫柔嬌弱的若葉，在覺醒之後變得相當不得了。

女人這種生物，一到關鍵時刻行動可不會拖泥帶水的……我懂。

我能理解若葉的心情，不過由理似乎一時之間還不習慣，妹妹突然變得如此積極。

不過他最擔心的，似乎是若葉的將來。

「退魔師這種工作太危險了！我可不能讓若葉做那些事！」

「我就可以嗎？」

「真紀，妳可以啊。」

啊，這樣呀……

由理的戀妹情結看來依然嚴重。

真是夠了，但其實也不壞吧。

只是青桐，對於有這方面才能的人出手真快啊……

「一個搞不好，若葉說不定會進入陰陽學院呢。」

「……我就是擔心這個。明年起四神都會成為陰陽學院的老師，他們也有找我，該怎麼辦才好……」

由理手放在下巴上真心煩惱著，但比起眼前的由理，我對四神要去陰陽學院當老師這件事更有點興趣。

這代表，我明年得聽他們講課囉？

可是我特別討厭玄武耶……？

「式神要當老師，好像有點厲害。」

「聽說也不是那麼稀奇的事。陰陽學院很容易成為敵人的攻擊目標，各方面警備和結界都很完善，而且其他的十二神將好像也都去當過老師。畢竟叶老師不在了，我們現在都是自由之身。」

聽見這句話，我神情一僵，愣在原地。

「真紀？」

「……果然如此嗎？叶老師已經不在了。」

由理瞄了我一眼，落寞地笑了。

「是啊，我們已經不是叶老師的式神了。既然契約自動解除了，我想就表示，事情真的是這樣了。」

「……」

「但很不可思議的是，四神沒有人感到悲傷。大家心底都認為叶老師還會回來。我覺得很不可思議。按照九尾狐轉世的機制來看，叶老師應該已經用掉最後一條命了，可是……」

「不過……真的感覺叶老師可能會突然冒出來呢。」

「嗯，我也有這種感覺。」

我們互望彼此大大點頭。

沒有任何一個人清楚說出那個人「死了」，正是他不同凡響的證據。

「所以，我心裡其實認為自己還是叶老師的式神，一邊也會守護妳和馨的啦。」

「……嗯，謝謝，由理。」

我和由理相視一笑。

接著，我們一起動手整理社團辦公室。

看著用舊了的馬克杯，和那些堆得高高的、過去做的民俗學研究社資料，心裡不禁感嘆，說起來我們也是認真做了不少事啊……

「啊，下雪了。」

「哇，這是今年的第一場雪吧？」

窗外雪花輕盈飄落。

發現下雪後，我和由理就像一般高中生興奮起來，打開窗戶。

起初還滿心雀躍，但望著雪花飄落的灰色天空，心情慢慢轉為感傷。

「真紀，妳怎麼了？」

「沒事。為什麼呢？明明你跟馨，還有大家都會一起去京都……」

我的手伸出窗外，雪花一接觸到手的瞬間就融化了，如此虛無飄渺。見狀，我低喃。

「青春，要結束了呢。」

我們雖與常人不同，卻也都還是孩子。

在這塊土地度過的尋常日子，普通的學校生活，文化祭、戶外教學、修學旅行等種種回憶，現在回想起來依然都清晰無比。

到現在，我才明白那些時光有多麼珍貴，多麼無可取代。

剛進這所高中時，我還無法擺脫過去身為妖怪的感覺，害怕與人類建立太深入的關係，總是三個人結伴行動。

我們總是絮絮叨叨地訴說著對上一世的留戀，不停問著這個問題。

「為什麼我們妖怪必須遭到人類趕盡殺絕呢？」

現在，我明白答案了。

那肯定是為了在這一世獲得幸福。

當然，我並不是要肯定當時的悲劇。

我並不認為失去國家和重要的人們值得慶幸。

只是，正因為我們謹記千年前的悲劇和懊悔，在面對現代的妖怪時，才能夠理解他們，提供建議。

既然轉世為人類了，我就希望從人類的立場來幫助生活在現代的那些妖怪，我想要成為人類和妖怪之間的橋梁。

我從那些九尾狐身上學到，一定要避免讓這個世界變得像常世那樣，人類與妖怪紛爭不斷……

所以我才下定決心，要成為陰陽局的一員。

這決定，一定是個能讓我蛻變為成熟大人的重要選擇。

又稍微整理了一下社團辦公室後，我揮別由理，回到淺草。

那時，雪已經停了。去阿水的藥局接小麻糬前，我沿著隅田川散步了一會兒。

冬季的東京，天黑得很早。

才傍晚天空卻已徹底暗了，晴空塔發出耀眼的光芒。

我倚在河邊欄杆上，出神凝望著晴空塔。
最近常下意識走來這裡看這座塔。
感覺只要待在這裡，就可以見到想見的人。總是這樣。
「……真紀。」
有人從旁邊叫我。我依然有些恍神，目光轉向一旁。
……看吧。我想見的其中一人，來了。
「來栖……未來。」
個子高瘦，一頭蓬亂黑髮，戴著眼鏡。
站在那裡的身影，和第一次遇見他時相差無幾。
來栖未來已經不是敵人了。在那場戰役中，所有人都明白了這件事。
「好久不見了，來栖未來。」
我再一次叫了他的名字。
他在相隔一小段距離的地方，點頭「嗯」了一聲。
坦率，而質樸地。
這一點，和初遇時沒有任何改變。

表情看起來不太有自信也不太可靠，乍看之下人畜無害。

但隅田川的那些手鞠河童可是嚇得要死，不是躲進草叢，就是一直摩擦雙蹼嘴裡不住念經，再不然就是拿我當擋箭牌躲在後頭，由此可見，他絕非泛泛之輩。

來栖未來這個人的存在，對於妖怪而言就是如此巨大的威脅。

「你還是穿得這麼單薄耶。之前在這裡遇見你時，你也是穿這樣。」

「……抱歉。真紀，當時妳給我的圍巾已經不能用了。」

「沒關係，那原本就很舊了。」

來栖未來似乎還想說些什麼，一副欲言又止的模樣。

總不可能是特地過來說圍巾不能用了的吧。

我安靜等待他開口。

「真紀。」

「……」

「真紀，抱歉。」

不久後，他只擠出了這幾個字。

一旦說出口，情緒就再也按捺不住了嗎？他的淚水不斷滑下。

戰鬥時明明那般強悍，那張和馨極為相似的臉龐現在卻扭曲地大哭起來。

但他的這一面該說是看得令人心慌，還是無法置之不理呢。

「總之我們先坐下來聊。好了，擦一下眼淚。」

我掏出手帕，用力擦拭來栖未來的臉。

然後讓他在附近的長椅坐下，去自動販賣機買來溫熱的檸檬水，遞給來栖未來。順帶一提，我自己是選紅豆湯。

「半年不見了，你都好嗎？」

「……嗯。」

「後來我醒過來時，就沒看到你了。我聽說你去京都接受治療，都做了些什麼？」

「其實我也記不太清楚了，當時好像花了半個月左右才恢復意識。」

未來低聲說。

「醒來時，我人已經躺在京都陰陽局醫院的病床上。聽說因為身上原本就有的那些詛咒，再加上水屑大人的詛咒，我差點就死了。」

他說，那段期間一直做很恐怖的惡夢。

在完全沒有生命氣息的荒野不斷走著，被類似妖怪詛咒、詭譎的漆黑的手追殺的夢。

未來，永遠都逃不出這些詛咒——

他無比絕望時，天上射下一束光，聽見了呼喚自己名字的聲音。

叫著，未來，未來。

那是津場木茜的聲音。

當他真正清醒過來時，雙手受了重傷的津場木茜，就站在他身邊。

其他還有幾位京都陰陽局的人，在詢問未來的情況，檢查詛咒的狀態。

未來的意識仍混沌不清，身體又動不了，也就沉默地任人擺布接受治療。

「我身上的詛咒沒有完全消失，但我學會該怎麼和詛咒相處了，痛苦也大幅減輕。京都陰陽局熟知這方面的訣竅。茜也說過，這就像要一輩子與之和平共處的慢性病一樣。」

「啊啊，對耶，津場木茜從以前身上就一直有詛咒。」

「茜也中了水屑大人的詛咒。一直到不久前，他的雙手都還是會痛。」

「話說回來，你為什麼到現在還叫『水屑大人』啊。她可是利用你的妖怪。」

「啊……」

叫太習慣了。未來摀住自己的嘴巴這麼說。

他默然不語半晌，沉默的時刻在我們之間流動。

我依然耐心等候未來要說的話。

「……真紀，我對妳做了一輩子都無法原諒的事。」

「……」

「我還打算殺了馨。沒錯，我其實是想殺了他的。」

未來垂頭喪氣，一臉苦澀地抓緊自己胸前的衣服。

「但我明明很清楚，這麼做一定會讓妳很痛苦……」

他顫抖著。光要把這些話說出口，肯定就艱難無比吧。

「為什麼，妳那時候，要救我？為什麼妳……願意救我？」

我一時不知道該如何回答，只是面向聳立在冬季夜空的晴空塔，長長舒出一口白色氣息。

「因為我不能原諒你。」

「……」

「我不能原諒你就那樣死去。我要你在未來，永遠，努力活下去償還。」

未來驚訝地半張著嘴巴。

我轉向他那張神情愣然的臉，用力伸出手指指著他。

「你擁有的力量是特別的。」

「咦……？」

接著，再指向我自己的臉。

「同樣地，我和馨的力量要說特別，也是特別的。我們三個都轉世到這個時代，肯定是有什麼理由。」

就像叶老師相信只要我、馨和來栖未來聯手，就能打倒水屑一般。

「現在不是我們繼續拘泥於前世恩怨的時候了，我們必須運用這股力量去創造未來。所以……你要是逃避這份責任，我是絕對不會原諒你的。」

「……」

「我希望你能協助我和馨，幫忙我們。如果你對我感到虧欠，那就活著償還吧。同樣地，我也會協助你、幫忙你。只要有夥伴一起並肩戰鬥，就沒什麼好怕了對吧？」

來栖未來依然愣在原地。

「咦？妳的意思是？」

他慢了一拍疑惑地側過頭，我驀地垂下雙肩，又長長舒了一口氣。那口氣將外頭冰凍的空氣轉為潔白。

「我的意思就是，讓我們互相幫助活下去吧。我們來當好夥伴。」

「為什麼？」

「沒有什麼為什麼。我已經厭倦了，要去恨誰，要去厭惡誰，要去和誰互相殘殺。」

被這些想法所束縛，是無法獲得幸福的。

這一點，在我們昔日的故事，或那些九尾狐的故事中，一次次得到印證。

我們耗費漫長光陰才終於領悟的道理。

「所以呀，已經可以了吧。不管是我，或你，或是馨、由理，以及眷屬們……可以獲得幸福了吧。」

就連叶老師，其實，我也希望他能獲得幸福。

希望他能一直在身邊守護著我們。

不管以前有過什麼恩怨，每次遇上危急關頭，只要知道他在，我就感到非常放心、踏實。

但叶老師已經不在了。

過去叶老師一直在暗地中保護的現世，日後要在少了他的情況，走出自己的時代。

這次輪到我們，必須努力保護自己的世界。

那份責任，我們確實接下了。

「真紀，那個……妳要和我做朋友嗎？」

「啊？到現在你還在問這個？我剛才不是說要當好夥伴了嗎？」

「對、對不起……」

不敵我的氣勢和炯炯目光，來栖未來畏縮地道歉。

「好啊，我們做朋友吧。聽說明年我們就是陰陽學院同年級的學生了。」

接著，我半強迫地拉起未來的手。

在水屑肚子裡也做過一次，但在這裡，再一次友好地……握手。

「我第一次見到你時，也不知道為什麼一直認為你比我大，但其實你和我同年對吧？而且你知道嗎？聽說陰陽學院要男女一組行動，要是你跟我一組，就會是歷代最強的組合了呢～」

我滔滔不絕地得意說著，也是想要故作不經意地邀請他，但未來突然正色說「啊，抱歉」。

「我在陰陽學院會跟誰一組已經確定了。」

「啊？」

我感到訝異，原本握著的手也下意識鬆開。

看來京都陰陽局已經先下手為強，替來栖未來這個最高等級的人才安排了適合的人選。

他在夏季這段期間，似乎和對方已有許多交流，並經過不少訓練了。

怎麼這樣，我可沒聽說這種事啊。

「真紀，聽說妳會和茜一組。」

「……啊？」

怎麼這樣，怎麼這樣啦……

不過，我都可以清清楚楚地想像到，津場木茜在得知這件事時的一臉嫌棄。

居然跟絕對沒戲可唱的我一組，那傢伙女人運之糟糕真令人想掬一把同情之淚。不過馨大概可以放心了。

「這、這樣呀。不過仔細想想，我跟你一組就太四肢發達頭腦簡單了，可能的確不太適合陰陽局精密的任務呢。」

「佳蓮也這樣說過。」

「佳蓮？」

「啊，京都陰陽局的人。真紀，妳應該也很快就會見到她。」

哦，是個類似青桐的人嗎……？

「佳蓮說，小組成員是否相配至關重要，如果一個人是攻擊型，另一個人是輔助型，就會比較穩定。」

這個意思是，我是攻擊型，津場木茜是輔助型，才會被配成一組嗎？

從這個角度一想，好像也挺能理解的。

別看津場木茜一副凶巴巴的模樣，他具有各種能力，人又靈巧。

雖然老是一下子就生氣，激動斥責別人，不過他喜歡照顧人，也總是設想周到……

比起和不認識的人一組，可能跟他一組更好。

「嗯嗯，愈想愈覺得好像也不壞，陰陽學院感覺會滿開心的。未來，你是已經開始去學校上課了嗎？」

「我沒有去上課，不過我去參觀過。學校的建築很漂亮，學生人數也比我想像的還多。」

「你應該很受矚目吧。源賴光的轉世，對陰陽局的實習退魔師來說可是傳說中的大英雄。」

「……是嗎？那些學生是一直盯著我看沒錯。」

「那就是很受矚目啦。」

來栖未來的神情透露出，他很擔心自己能不能融入新環境，能不能交到朋友，能不能適應學校生活。

他可是那個大英雄的轉世，真希望他別擔心這些小事。

啊，不過說起來，這的確是很像來栖未來的風格……

「啊哈哈，怎麼搞的，我們在思考未來的事情耶。」

「咦……？」

「啊，抱歉。我的話很奇怪吧。未來，指的就是『無法預測的前方』。明年的事、今後的事、將來的我們。」

「……」

「你怎麼了？表情呆呆的。」

「沒事。奇怪的，是我的名字。」

來栖未來搖頭，但心裡似乎有點高興。

「可是，真的是個很棒的名字喔。未來。」

「……她也這麼說過。」

「她？」

「我也……必須加油才行。畢竟明年起，我就不是一個人了。」

「……」

這時的來栖未來神情凜然，眼神跟剛才簡直判若兩人。

面貌也是，以前我認為他和馨長得很像，但兩人的差別開始愈來愈明顯。

他是截然不同的另一個人。

名為來栖未來的，獨立個體。

或許也是因為我清楚認知到這件事了。

而來栖未來自己也變了。儘管心底仍未完全擺脫過去的陰影，但看起來他開始積極思考未來了。

從言行舉止和表情，都透露出他正在逐漸放下那些陰霾，往好的方向去。

雖然我還沒見過和他一組的那個女生，但過去萬般抗拒活下去的來栖未來，居然會說出「不是一個人了」這種話，可見那女生對他來說應該會變得很重要……

幸好他遇見了那個女生，真是太好了。

不知為何突然一陣鼻酸，或許是我身上那種淺草歐巴桑愛管閒事的本性跑出來了。

「那……真紀，我差不多該走了。」

稍遠處的馬路上，停著一輛像是陰陽局公務車的黑色汽車。

車上的人應該是青桐和魯吧。

「你要回京都嗎？」

「對。真紀，等明年妳來京都後，我們再見。」

「也就是說，在那之前都見不到囉？」

來栖未來肯定地點頭後，又略顯遲疑地瞄了我好幾眼。

「怎麼了？」

「……也幫我，向天酒馨問好。」

我的眼睛眨個不停。

「這樣說起來，你們兩個還沒有機會認識彼此耶。」

明明對馨而言，是分享了同一個靈魂的關係。

明明長相一樣。

「沒問題，馨跟你一定會相處得很好。那傢伙是獨生子，如果有一天你們能像兄弟一樣，那就超棒的。」

我啪啪地輕拍他肩膀，原本神情一直帶了幾分擔憂的來栖未來，雖然眉頭依然皺著，卻展露微笑，微微點頭。

「到時見喔。」

「嗯，到時見。」

沒想到有一天我會和你互道「到時見」。

這個約定，在漫長的人生中是多麼珍貴、多麼重要的事情啊。

從今以後，我們會在長遠的交流中，慢慢建立起特別的友誼。

來栖未來會如同我的猜想，和馨慢慢培養出兄弟般的情誼。

只不過，這些都是未來的事了。

最終章

妖怪夫婦這一世一定要獲得幸福

讓疲憊身心獲得充分療癒，勤奮努力的冬季要結束了。

白雪融解的同時，萬物甦醒的春季腳步近了。

我們迎來嶄新的季節。

「馨，恭喜你考上大學～～～」

那一天，是馨放榜的日子。

我邀請眷屬們聚集在阿水的藥局，為馨的慶功宴做準備，同時等待主角的到來。

馨一到場，砰砰砰，拉炮的爆炸聲氣勢澎湃，大家一起歡迎他，不過……

「……」

怎麼回事？馨皺著眉，表情怪怪的。

我臉色逐漸蒼白。

「咦？你上了吧？還是難道，你落榜了……？」

「我當然是考上了。」

「嚇死我了，呼。」

聽見馨的回答，我驚魂未定地撫胸。

去現場看榜單確認是否上榜，這種感人熱淚的場景並沒有發生，馨就是上網迅速確定結果，再過來這裡而已。

「所以？你都上榜了，那張臭臉是怎麼回事？」

「我只是被一大群人突然拉拉炮的爆炸聲和火藥味，還有纏了我一身的彩帶嚇到而已。」

沒錯。馨頭上正掛著一大堆從拉炮飛出來的繽紛彩帶，這陣仗非常驚人。

什麼呀，原來只是我們太嗨嚇到他而已啊。

「哎呀～太好了太好了。不過也真可惜，我都準備好萬一你落榜，要好好嘲笑你一頓了。」

「你到底想怎樣啦，混帳水蛇。」

阿水也一如往常地出言挑釁。不過他嘴上雖然這樣說，神情卻看起來很高興。

然而，在場所有人中最感動的就是由理了。

「這一年來的努力有回報了。你真的超拚的，太好了，馨。」

由理的話讓原本都維持酷酷表情的馨不由得感慨萬千。

「由理，這一年你免費當我所有科目的講師，我真的是怎麼感謝都不夠……」

他拉起恩師的手，緊緊握住。

沒錯。馨的成績之所以能三級跳爬升，原因就是由理的鼎力相助。

由理不再是叶老師的式神，正好也有空，便全面協助馨準備考試。

由理原本就遠比我和馨熱愛學習，智商又高到人類難以追上的程度。

才智超群的由理認真研究應考京都大學的對策，再把整理好的內容全塞進馨的腦袋。

拜他所賜，馨在沒有補習的情況下，就跨過京大入學考這道高牆。

老實說，在準備考試的期間，馨跟由理在一起的時間，說不定還比跟我在一起的時間多……

我看向遠方。

「還有，其實我也偷偷報考了京大。馨，跟你不同系就是了。」

「咦？」

「我也上了，明年就要和你一起去京大。馨，我想說你一個人無依無靠的，而且我也還有很多事想學。」

「……由理，你這傢伙……」

由理輕描淡寫地說出這個消息，馨聽了又無比感動地就要抱住由理。

「喂，等一下。」

我舉起手刀插進兩人之間。

「你們兩個男生不要自己在那邊感動好嗎？怎麼可以把我晾在旁邊。」

儘管我樂見這兩人的友情如此堅定，但他們偶爾會像這樣把我忘在一旁。

「馨，恭喜，我也是超級高興的啊。」

「真紀……」

我說完有些傲嬌的發言後，馨轉向我，神情認真地坦率回「謝謝」。

「真紀，這段日子也多虧妳了。為了讓我專心念書，生活大小事妳都一手包辦……特別是我肩頸僵硬和腰痛時，妳的超凶猛整骨按摩很有效。雖然痛到我差點小命不保。」

「啊？馨，你讓真紀按摩嗎？我宰了你喔？」

「閉嘴，水蛇。你也是提供了地點和茶水，我還算是有點感謝你啦。」

「什麼？你這什麼話，找我吵架嗎？」

阿水和馨今天也感情要好地拌嘴時，最近愈來愈穩重的影兒和木羅羅跳出來發言主持現場。

「就先別管煩人的阿水了，趕快開始慶功宴吧。」

「我們可是從一早就開始準備食物了呢。」

慶祝榜上有名的宴會開始了。

馨愛吃辣，還喜歡苦味和放了香料的食物，所以現在桌上擺滿了依照阿水手裡流傳四千年的中華食譜製作的各種中華料理。

春捲、什錦炒飯、辣醬蝦仁、糖醋排骨、口水雞、番茄炒蛋……

肉包、壽桃、蝦仁燒賣、鍋貼、小籠包……

港式點心適合大家聚在一起做，因此一早開始大家就一同準備、製作餐點。

「啊啊～這下終於確定夫婦兩人可以一起去京都了。」

一確定馨上榜後，要去京都的感覺果然也不同了。

食欲也比平常還要旺盛。

那麼，我就從剛出爐的小籠包開始吃吧。

沾點黑醋，一口塞進嘴裡，在口中和滿到流出來的肉汁搏鬥。雖然很燙，但這種搏鬥有股致命的吸引力……

「對了。馨，告訴你爸媽了嗎？」

「說了。知道上榜時，我就打過電話了。」

馨正在吃花椒香氣濃郁的超辣麻婆豆腐。他雖然老愛跟阿水鬥嘴，但可是非常喜歡阿水煮的超辣麻婆豆腐呢。

「他們應該很高興吧？兒子上了名校。」

「算吧。我爸高興得不得了。但比起我上榜，他好像是更高興我終於認真起來了……」

「是啊。你以前就愛耍帥嘛……明明只要努力，就能有更好的表現，但老是擺出一副明天再說啦、明天就會開始認真了的態度。」

「我媽則是單純想去京都觀光。」

「好啊，好啊，等我們熟悉京都後，再叫伯母來玩。」

馨以前不擅長扮演小孩的言行舉止，總是一副看穿一切的小大人樣，和父母的關係也曾一度降至冰點。

但他最近似乎稍微知道該怎麼撒嬌了，和離婚的爸媽雙方都更常聯繫了。

真希望今後他們的關係愈來愈融洽。

「呦，你們好啊。」

「組長！」

「不要叫我組長。天酒說他上榜了，我過來道賀。」

淺草地下街妖怪工會的大和組長買來了祝賀的蛋糕。

是（我）事先許願的，在晴空塔的晴空街道賣的高級水果塔。

大顆水果如同寶石般華美。要切開都覺得好可惜，不過阿水倒是切得漂漂亮亮的。

「你們，等高中的畢業典禮結束後，馬上就會去京都了吧。」

「對，想先過去那邊準備。」

我一邊大嚼水果塔一邊回答。卡士達醬甜度正好，完美襯托出水果的酸味和甜味，是味道細緻高雅的水果塔。

「而且我還必須去找房子……」

馨正配著可樂，大快朵頤辛辣食物。

他還要過一陣子，才會到可以喝酒的年紀。在那之前，馨肯定會繼續用可樂替代吧……

組長苦笑回「這樣呀」。

「一想到你們以後就不在淺草了，實在有點不安啊。畢竟這些年你們也是幫了很多忙……茨木是也給我添了很多麻煩就是啦。」

「唔。」

組長在最後那句話加重了語氣，水果塔頓時梗在我喉頭。

組長瞄了我一眼，一口喝光茶。

「京都和淺草不同，那塊土地上不管人類或妖怪，都有自古承襲至今的風俗習慣。大妖怪又多，我聽說常發生搶地盤或妖怪互鬥的事件。不過真正難搞的，還是那些人類吧。」

「人類……」

「小心點。你們是大妖怪轉世很強沒錯，但人類社會中多的是沒辦法光靠力量解決的麻煩事……」

大和組長作為成人的叮嚀，散發出幾分滄桑味。

「這話由組長來說就很那個耶，很有說服力。你就一副常被這些事搞到的樣子。」

「我們會小心。」

然後，我和馨又埋頭大吃水果塔和辛辣料理。

組長一臉想喊「喂喂」的表情，但他的話，我和馨其實都認真聽進去了。

他可是在我和馨還是小朋友時，唯一一個能理解我們的人類。

儘管我們常常給他添麻煩，他也只是嘴上抱怨幾句，每次依然都會出手相助。

現在回想起來，組長似乎從來沒有透過有色眼鏡看待身為大妖怪轉世的我和馨，純粹當我們還是高中小朋友，來和我們相處。

他自己也是酒吞童子的部下「生島童子」的轉世，不過到現在他仍舊沒有那段記憶。只是因為人好，就一直在我們亂來時幫忙擦屁股，真的是個特別的人。

要是沒有遇見組長，或許我和馨就不會願意對人類敞開心房。

或許就不會想要試著去相信人類了……

「我呀，最喜歡被組長保護著的淺草了。」

我突如其來的告白，讓組長一愣。

「淺草就拜託你了，大和組長。」

馨也一樣，將淺草的和平託付給我們信賴的這個人。

「茨木、天酒。」

組長喊了我和馨的名字，大力地點頭。

「……好，你們的夥伴也會幫忙，這邊沒問題的。你們就在京都好好加油，難受時，隨時回來。」

說出這句話的人，為我們守護著淺草。

因此我和馨都能放心離開。

私立明城學園，畢業典禮。

這一天天氣十分暖和，有一種讓人預感到春季將近的明媚和煦。

在典禮結束後，畢業生胸前都別上了慶賀畢業的胸花。

「真紀～～！保重，妳回東京時一定要連絡我喔。」

「嗯，我會的。七瀨，妳也保重。」

七瀨難得抱緊我。

她的雙眼已經紅腫，畢業典禮時就一直在哭。

七瀨朋友多，很多社團學妹都仰慕她，高中生活充實又精采，要從這間學校畢業，她心裡一定很感傷吧。

「茨木！我聽說天酒和夜鳥在京都要同居，是真的嗎？只有茨木住宿舍，妳們現在是禁忌的三角關係!?」

「不是。」

戴紅框眼鏡的美術社前社員丸山，又在妄想一些莫名其妙的事。

她妄想的內容，跟由理還是繼見由理彥時沒兩樣，難道她其實還記得由理？我不禁擔心起來。

她一直想念美術大學，也一直朝那個方向努力。我們社團辦公室是美術器材室，常看到她默默在練習，所以我很清楚。聽說她如願以償，今年春天起就是憧憬已久的美術大學學生了。

「茨木，我想妳應該記得，但結婚時要叫我喔。我手上有很多學生時代的照片，需要的話也有影片。婚禮上不是常放學生時代的影片嗎？那個，我可以幫妳們做。」

「咦？啊，嗯，謝謝……相場，我不會忘記妳的。」

相場為了實現當新聞記者的夢想，上了知名的私立大學。

她之前準備考試時老是緊張兮兮的，但現在考上第一志願，心情大好。而且不曉得為什麼，好像非常想參加我和馨的婚禮。

我們有辦法舉辦一般的婚禮嗎……雖然腦中閃過這個疑問，但我在心底發誓，要遵守和朋友的約定。

我們真的在這間學校裡，和許多朋友一同盡情享受過青春。

和朋友的約定，會成為日後人生的原動力。

「喂，真紀小子、馨！」

「哇，大黑學長。」

那個人聲音宏亮地大喊我跟馨的名字。

四周人群紛紛嚇了一跳，他則穿過畢業生人潮，不斷朝我們靠近。

大黑學長，不，現在我們同年級了，但大家早就習慣「大黑學長」這個綽號了。他是淺草寺的一大支柱，大黑天神。

在畢業典禮這天，他仍舊一身運動服，是充滿人情味、熱情洋溢，永遠的學長。

「大黑學長，你也是今年要從高中畢業沒錯吧？我嚇一跳耶。」

「對。永遠當個高三生也挺不錯的，但淺草現在問題很多，你們又快要離開了，我得好好拿出神明的樣子才行。靠不太住的其他七福神，也都得重新鍛練一番。牛御前之前向我施壓了，還有出雲的大國主也念我，不要再一直跟人類混在一起。」

「神、神明的世界也有很多事要注意耶。」

原本以為會永遠重讀高三的這個人，看來也要在今年終結這個循環了。

我從沒想過，這個人也會跟我們同時畢業。

這樣看來，今年也是淺草轉變的一年呢。

「京都到處都是一些個性古怪的神明，妳們以後就會發現我有多可愛了。」

「咦……？」

「妥善管理那些神明也是京都陰陽局的工作，妳們以後也得接下這份重責大任吧。小心點。」

「你叫我們小心，但對手可是神明，就算是我們也很難應付吧。」

「最差的情況，大概就是京都的鬼來找妳們麻煩，欺負妳們一下囉。」

大黑學長，你想想辦法啊～

我和馨雙眼濕潤潤地賴上這種時候最可靠的大黑學長。

「嗯——既然如此，就授予妳們這些最可愛的淺草孩子神明的加護吧。」

大黑學長不知從何處變出一把小槌，在我和馨的額頭上分別叩地，敲了一下。

「永遠平安，持續成長，鬼夫婦。」

「……」

我和馨愣愣按住額頭，大黑學長的運動外套在風中翻飛，大笑颯爽離去。

那個寬闊的背影，象徵著淺草這塊土地深厚的包容力。

我和馨摸了摸被授予加護的額頭，看向對方。

嗯，只要有大黑學長的加護，應該就可以避開京都神明的欺凌一年吧……

「你們兩個，跟朋友都道別過了嗎？」

「啊，由理。」

「你剛才跑到哪裡去了？」

「剛才喔，去和同學跟老師打招呼。」

「快點快點，今天可是我們三個最後一天穿制服了，來拍照留念吧。」

我們這個總是形影不離的三人組，在櫻花樹下拍照。

剛好相場正目不轉睛地看著這個方向，她的照相技術不發揮也可惜，就請她幫我們拍了幾張。

「欸，真紀，馨。我現在就要直接去京都了。」

「咦？」

「你不跟我們一起去嗎？」

由理突如其來的告別，讓我和馨都嚇一大跳。

還以為我們一定會三個人一起動身前往京都的。

「嗯，四神都已經先過去了。而且……若葉也要放春假了。這樣一來，她肯定每天都會到處找我。」

「啊啊……」

之前就有聽由理描述，若葉熱烈的跟蹤狂行徑，最近，我跟馨也都親眼見識過了。

若葉現在看得見妖怪，這一年來，她對這個世界加深了不少了解，甚至學會驅使簡單的術法了。

她似乎也知道我跟馨的身分背景。

暗地裡協助她的，是那位戴眼鏡的壞心眼老兄……

哎呀呀，女孩子真的不容小覷。

我也沒資格說別人，不過追著自己最喜歡的人到處跑，那種執念是很驚人的。

另一方面，我有點掛心由理要遠離繼見家的事。

「由理，伯母和伯父……離開他們身邊沒關係嗎？」

去了京都，和那個家庭的距離也就變遠了。

「……爸媽都很有朝氣地在工作喔，我昨天去看過了。」

由理臉上雖然掛著微笑，但那雙眼睛流露出幾許落寞。

「就算我不在，那對夫婦也沒問題的，至於若葉，我就快被她找到了。」

「……」

「沒關係的。就算忘了我，爸媽也跟以前一樣，體貼而真誠地照料著旅人。無論我去到哪裡，若葉都一定會追過來。雖然我一直在逃命，但我其實很享受這種我跑妳追的樂趣。」

此刻的由理，展現出徹頭徹尾的妖怪風格，臉上浮現著惡作劇般的笑容。

若葉，妳挑了個棘手的對手呢……

我和馨忍不住遙望遠方時，由理轉向我和馨，語氣認真地說：

「欸，真紀，馨。和你們一起度過的學生生涯真的太開心了，充滿了無可取代的青春回憶。由於我的緣故，有些記憶不得不抹去，這件事我真的很抱歉，不過……」

「由理……」

「不過，往後的日子一定也會很開心的。我們京都再見喔。」

由理展露溫柔的微笑，輕輕搖了搖裝畢業證書的圓筒。

然後，身影就消失在從樹梢撒落的春日陽光中。

還會再見面。只是，以後再也見不到，穿著這件高中制服的由理了。

這讓人有點寂寞。

還沒有任何人知道你真正的名字時，你一直最重視自己的家人。當時真的沒想到，有一天，你必須選擇消除家人對自己的記憶。

可是，現在的我能夠理解。

遵守那種嚴格規範的你，是我和馨遠遠不及的，高尚而潔淨的妖怪。
即便如此，我和馨和由理的友情，今後也將一直持續下去。
正如由理所說，往後的日子一定也會很開心。
「……到時見喔，由理。」
我們去京都創造新的回憶吧。

三月下旬。
終於到了這一天。
要離開我和馨出生成長的淺草，搬到京都的日子。
由於現在正值春季假期，淺草今天也擠滿了觀光客，熱鬧非凡。
去年那些騷動簡直就像一場夢。
從早上起，我就一直邊逛邊吃我最愛的淺草美食，把握最後的機會吃個夠。
番薯羊羹、吉備糰子、巨無霸菠蘿麵包……
淺草炸肉餅、炸饅頭、現煎仙貝……

爸媽生前常吃的「YOSHIKAMI」的燉牛肉……

然後是我們過去住的瓢街上那間知名的「Fruits Parlor Gotō」，品嘗美味的聖代。

「嗚嗚，要跟這裡的聖代說再見，我太難過了。」

「不要哭，大家都在看妳了。」

我點了有四種草莓的聖代，看著鮮紅草莓多到都要滿出來的聖代，我又是嘆息又是流淚的。

像這樣一口氣吃到各種草莓，才發現原來品種不同的草莓味道完全不一樣。讓我知道這件事的，也是Gotō的聖代。

太好吃了，我都不想離開淺草了。

「Fruits Parlor Gotō剛好在家附近，每次有好事要慶祝，我們都是來這裡對吧，馨。還有，吵架的隔天也是。」

「是啊。只要帶妳來這裡，妳的心情就會變好……咳咳。」

「……」

沒錯，要挽救我的心情，Gotō的聖代是不可或缺的。

畢竟，有一種幸福是只能靠Gotō的聖代才能體會到的。

當季的新鮮水果，還有下面襯托水果風味的冰淇淋跟冰沙都超級好吃，冰淇淋和冰沙也都充滿水果的天然好滋味。

店裡除了聖代也有其他餐點，我還喜歡這裡的熱火腿三明治。

熱騰騰的鹹輕食搭配又甜又冰的甜點一起吃，最美味了。

而且這個熱火腿三明治用了那間有名的 Pelican 麵包店的吐司，口感彈牙，好好吃。每次來這家店，我都會纏著馨，吵著要點聖代也要點熱三明治。它們都是必須品。

「我喜歡這裡的芒果聖代……」

「啊啊，疊得很高的那個吧。」

「獄卒的工作收入好，現在我們終於可以一個人吃一份了，真可惜……」

「啊，真的耶，不用再兩人分一份了！」

Fruits Parlor Gotō 裡有一種聖代，上面霸氣地擺了一大堆名字很可愛，叫太陽之子的芒果。一份就要差不多三千日圓，因此以前我和馨都只能分食。

滋味甜蜜，口感濃郁，果肉滑嫩柔軟……顏色如其名，就像是吸飽陽光的漂亮橙色，只要吃過一次，就能體會到難以忘懷的強烈幸福感。

「現在這個季節還沒有，下次不知道要什麼時候才能吃到了……」

「芒果聖代要等到五月或六月了吧？這下只好黃金週時回淺草一趟了……」

Fruits Parlor Gotō 的芒果聖代將我們的心牢牢留在淺草。

一定要在可以吃到這個聖代的季節回來。我們在心中堅定發誓，便盡情享用在淺草最後的草莓聖代，以及有美味 Pelican 吐司的熱三明治。

到了傍晚，我們在隅田川岸邊的隅田公園一角等陰陽局的車，現場也有大批淺草妖怪聚集。

「頭目，我和姊姊也認真考慮過要搬到京都，但實在有點困難。」

「我們會常常去京都取材兼旅行的。」

徹夜趕工累得東倒西歪，還來送我和馨一程的，是虎童子阿虎和熊童子阿熊。

兩人是在和水屑那場戰役中把河童樂園當堡壘時，守護妖怪們的英雄。

還是大受歡迎的漫畫家，最近又同時展開新系列作品的連載，每天陷於水深火熱之中。看他們兩個的模樣就曉得了。

儘管如此，他們還是特地來送行。馨輕拍過往部下的肩頭鼓勵。

「你們工作也好好加油。我每週都很期待你們的漫畫。不過，不可以拚過頭搞壞身體喔？來京都要連絡我們。」

「頭、頭目～～」

馨和阿虎跟阿熊緊緊抱成一團。

他們兩個從千年前大江山的狹間之國建國前，和馨就有交情了。

馨今後一定也會看著他們的漫畫，期待他們日後的活躍吧。

「天酒、茨木，伴手禮帶了嗎？你們到京都後，要去向京都陰陽局的土御門佳蓮打招呼吧？」

淺草地下街妖怪工會的大和組長細心確認，他的態度就好像在說這種事最重要了。

「知道啦。買龜十的銅鑼燒絕對沒錯。」

「我們聽說她喜歡吃羊羹，也買了龍昇亭西村的栗子羊羹。」

「這樣呀。幫我向她問聲好，要記得啊。」

偶爾會聽見的名字，土御門佳蓮。我知道她是京都陰陽局的高層，但究竟是個怎麼樣的人呢？

如果是個可怕的人那就麻煩了。希望她會喜歡淺草的點心。

「那個……」

影兒和木羅羅扭扭捏捏地靠近我們。

先是影兒，朝我們遞來一個細長型的氣派盒子。

「茨姬大人，這個請笑納。」

「這是……」

一打開盒蓋，裡面有一束漆黑的羽毛。

「這是我的……八咫烏的羽毛，一共有十根。上面灌注了我眼睛的能力。只能用十次，但萬一京都那些妖怪很難纏時，請拿出來用。」

「影兒……」

影兒眼睛的能力，就是讀取妖怪內心的力量。

影兒幾乎沒有在使用這個能力，但他每天都把自己的靈力灌注進八咫烏的漆黑羽毛裡，終於成功將自己的能力部分轉移到上面。

這可能是很厲害的道具。

往後一定會派上用場的。

「茨姬，還有這個，妳一起帶過去吧。」

接下來是木羅羅，他取下原本插在自己頭上的藤花髮簪，向我遞來。

「木羅羅，上面這個難道是你的藤花？」

「沒錯。我在表面牢牢上了一層靈力保護，避免花凋謝。妳可以把這當成小規模的結界柱。茨姬，一定可以保護妳的。」

我曾聽說，木羅羅作為結界柱的能力可是不輸神明的。

一想到如此強大的木羅羅今後也會繼續保護我，心裡就感到很踏實。

「謝謝，謝謝你們。我很喜歡。」

影兒和木羅羅是要留在淺草的眷屬，我一去京都，下次見面就是很久以後了。

「你們的禮物已經送到藥局了，給影兒的是我的瀧夜叉姬，給木羅羅的是我的釘棒。需要時就用吧。」

瀧夜叉姬是在大江山鑄造的大太刀。

釘棒就是那把不用說大家也曉得的，陪我經歷大小戰役的釘棒。

「茨姬大人……」

「茨姬～～～」

兩人終於是忍不住了，嗚嗚咽咽地哭起來。

「再會，茨姬大人，妳一定要保重。」

「要注意身體喔，睡覺時肚子一定要蓋好喔。」

「拜託，不要講得好像這一生都碰不到面一樣啦。明明我黃金週就會回來了。」

這些可愛眷屬的戀母情結，真是令人又開心又煩惱呀……

「唔哇——真紀真紀！我好寂寞，妳不要去了啦。」

「阿水，你馬上就要來京都了吧。」

趁機跟著哇哇大哭的阿水，炫耀似地緊緊抱住我，馨則拚命要把他拉開。

還有許多其他妖怪來送行。

豆狸風太和他爸爸、化貓小節、洗豆妖豆藏、淺草地下街的一乃，還有河童樂園跟隅田川的那些手鞠河童。

最後是……

「……凜音。」

一直是問題兒童的三男眷屬。

他站在稍遠處看著我們這邊的情況，但一和我對上目光，就咻地立刻消失進小巷子裡。

不過，去京都也見得到凜音，算了……

以為我會這樣想，就大錯特錯了。

「凜音！你在對吧，給我出來！」

我拉開嗓門大聲呼喊凜音。

只要妳呼喚我，我立刻就到。說過這種耍帥的台詞，凜音只好一臉不情願地從小巷子走出來。

「……幹嘛？」

「什麼幹嘛，你跟兄弟們一起好好送我。可以吧？」

「……嘖。」

「嘖什麼嘖。受不了耶，你是一輩子都在叛逆期嗎？」

凜音一臉不甘願，但臉上掛著壞心笑容的阿水、影兒和木羅羅牢牢抓住他，強迫他來為我送行。

眷屬們在淺草這塊土地齊聚一堂。

等了我和馨一千年的家人，現在又要送我們離開。

但這次不再是前世那種充滿無奈的悲劇性離別。

這次是幸福地踏出家門。

「那我走了。你們留在淺草的人，要友愛互助喔。要去京都的，下次見了。」

「就算你們是妖怪，也不能太拚喔。」

我們也向眷屬表達關愛之意。
這份愛是所向無敵、永久不滅的吧。
「那我們差不多該出發了，還要考慮到新幹線的時間。」
青桐提醒我和馨。
我和馨點點頭，俯身鑽進正好抵達的車子。
上車時，我再一次望向晴空塔。
無時無刻都聳立在我們身邊，宛如希望一般，這塊土地的象徵。
不管在哪裡都能看見那座電波塔。
只要朝著那座塔的方向走，我就能回到這個街區，回到溫暖的家。
叶老師當時也把自己最後的力量，託付給晴空塔。
然而，我們就要前往看不見那座塔的地方了。
「別了，淺草。」
這個地方見證了我的終點，也守護了我的起點。
我們的故鄉。
直到再次回到這塊土地前，我都會一直勇往向前。

我希望能讓它看見成長後的自己。

「那你們路上小心。到了那邊，幫我向茜跟未來問好。還有，也幫我向京都陰陽局的佳蓮打聲招呼。」

「我們下個月也會過去。到時見，真紀。」

在東京車站，青桐和魯送我們上車。

「嗯，到時見。青桐，魯，要保重身體。」

「謝謝你們的照顧。淺草那些傢伙，就麻煩你們了。」

我和馨一起低頭致意。

這一年來，為了準備進入陰陽學院就讀，我花了相當多時間和這兩人在一起，真的受到他們各種照顧。老實說，我們現在關係相當融洽。

馨也一樣，他從青桐那邊得知許多有關京大的陰陽局社團的事。

我真心感激，他們花這麼多心思引導我們。

更重要的是，在一切都結束後，青桐向我們詳細說明了叶老師的安排，還有水屑那一戰的全盤計畫。

現在仔細想想，青桐應該是叶老師最信任的人類吧……

我們踏進新幹線，按照號碼在座位坐下。

這時，小麻糬一如往常假裝成玩偶，正在包包裡的小窩中呼呼大睡。

我看見窗外的魯正在揮手，便也向她揮手。

很快，新幹線發車了，速度愈來愈快，逐漸遠離這塊土地。

愈來愈遠，愈來，愈遠。

「……」

「真紀，妳在哭嗎？」

我死命盯著窗外，馨主動問我。

我回以哭音。

「當然會哭啊。」

「為什麼？」

「捨不得啊。捨不得離開重要的地方，還有那些夥伴。」

我很清楚。

這次離開對我們而言是必要的。

為了長大成人的一段重要過程。

不只我和馨。為了升學或就職而揮別故鄉的人，在日本到處都是。在這層意義上，我們就是極為普通的人類。

只是……

「淺草……那個地方，有太多對我來說重要的人事物了。」

這種悲傷寂寞的心情，總是伴隨離別而來。

過去我的想法是，如果必須經驗這種心情，那我寧願一輩子都當小孩。

寧願一直和重要的人們待在原地。

過去住在淺草的鬼妻，日常的生活紀錄，淺草鬼妻日記。

如果能永遠寫下去，那該有多幸福呢？

但那就像我、馨和由理過去的關係，是一種寧願撒謊也執意要守住的虛偽和平。

「我們，被深深愛著。」

「……」

「被淺草那塊土地，被在那裡渴求容身之處的妖怪們，被住在那塊土地上的人類……」

我緩緩轉向馨。

馨看見我淚濕的臉龐，露出苦笑。他伸出手指，抹去我的淚水。

「只要記住現在的心情就夠了，真紀。有些事，只有我們能做到，踏上這趟旅程，是為了回報過去一切點點滴滴在心頭累積的感謝。」

「馨……」

「而且，也有些事依然沒有改變。我們會一直在一起，永遠不會再分開了。只有這件事，在漫長的人生中沒有一刻會改變。」

馨以略顯成熟的表情注視著我的臉。

然後，輕吻我的唇。

「對吧，真紀？」

「……是呢，馨。」

我們額抵著額，確定最重要的一件事。

「馨，只要我們在一起，不管去哪裡都所向無敵。」

沒有事情值得害怕，值得恐懼，也不會感到寂寞。

不可能有人從我們身邊搶走對方。

我和馨牽住手，握緊彼此。

此刻前往的地方，是千年前我們出生、相遇、編織傳說的土地。

是我的謊言遭到揭穿，和你再一次墜入愛河之處。

「晚安，馨。」

「嗯。妳好好睡吧，真紀。」

我靠在馨的肩膀上，闔上雙眼。

然後，在漫長又坎坷的命運及這十八年來的回憶中，睡去。

妖怪夫婦，就要回到另一個故鄉了——

春。

邂逅與別離——櫻花滿開的美麗季節。

我和馨，在京都了。

一一去向日後在京都要承蒙關照的人們打招呼，又見了津場木茜和來栖未來，空檔還要陪馨去找公寓，買齊日用品和家具，打理好生活所需。

這些事都告一段落後，我們造訪了京都的六道珍皇寺。

自從到京都以後，馨就一直說想來這裡。

他好像無論如何都想確認一件事。

「可是這個井是京都陰陽局在管的吧？可以擅自使用嗎？」

「我有先取得佳蓮的同意。」

我和馨探頭窺視六道珍皇寺名聞遐邇的「通往冥界之井」。

但看起來就是一口極為普通的井……

「……土御門佳蓮，我一直以為她是成年的陰陽師，沒想到居然和我們一樣還是學生。她以後會當上京都陰陽局的陰陽頭吧。實質上，就是我們的老闆呢。」

「是個聰明狡猾的人，但看一眼就知道了，她可是相當厲害……」

「聽說是青桐的姪女，超能想像的，為什麼陰陽師全是那種難搞的人咧。」

「茜和未來就不是吧。」

「他們兩個的質樸天性，說不定其實是很珍貴的……」

就在我嘟囔著這些話時，馨突然一把拉住我的手。

然後，若無其事地朝「通往冥界之井」跳下去。

「哇啊啊啊啊啊。」

我發出混雜著喉音、一點都不可愛的慘叫。

在一片漆黑中，一直、一直往下墜落。

下墜的速度愈來愈快，忽地有種穿過空間邊界的奇妙感覺，視野頓時開闊起來。

那裡是，這個世界系的最底層——地獄。

等我回過神，發現馨身上穿著地獄獄卒的制服，而我也變成了茨木童子的模樣。也就是說，我們兩個現在外貌都是鬼。

「馨，你幹嘛？你是想讓我死於心理創傷嗎？」

「抱歉，我沒想到妳有那麼怕地獄……」

「廢話！你知道我在無間地獄受盡多少折磨嗎！」

我宛如剛出生的小鹿般顫抖不已，整個人縮成一團緊緊抓住馨的手臂，就以這個姿勢被他帶著走。

我在地獄的第一層「等活地獄」裡左右張望，內心十分戒備，但這個世界全都是鬼，馨和我沒有任何突兀之處，輕輕鬆鬆就融入環境。

接下來。

等活地獄有一座名叫閻魔王宮殿的城堡，是這個世界的中樞。

城外的街區充滿和地獄不搭調的活力，這一帶的天空蔚藍而晴朗。

「喔喔，外道丸。」

「你回地獄啦？」

各式各樣的鬼向馨打招呼。

他當獄卒時認識了許多鬼，有些當時還很照顧他……

終於到了閻魔王宮殿，馨和守門的侍衛交談，出示一個像是通行證的東西後，就帶著我走進閻魔王宮殿。

「要去向閻羅王打招呼嗎？」

「那個啊，晚點再說好了。」

「……？」

我們搭電梯到了高樓層，迎面是一個有如空中庭園的地方。

在那裡，枝垂櫻怒放，開滿櫻花的枝條披垂、覆蓋住閻魔王宮殿的庭園。

不知從哪裡飄來一股令人懷念的菸草氣味，我猛然一驚。

「啊，喂！真紀！」

我循著那股菸草氣味跑過去，即使馨叫我也不理睬，一直向前跑。

庭園曲折蜿蜒、錯綜複雜，但那股氣味，那道煙，引領著我。

「……」

在發出淡淡光芒的櫻花樹及薄霧後頭。
有個人影身穿黑色束帶，是位金髮的公卿。
他自在地坐在高處岩石上，半個身影隱沒在枝垂櫻的枝條及花朵後面，正悠哉抽著菸斗。
「妳們來啦？」
我是看見幻影了嗎？還是，因為這裡是地獄呢？
然而，馨追上我後說：
「呼……你果然在這裡，叶。」
我就知道。他臉上的神情彷彿如此說著，他手插腰際嘆了一口氣。
沒錯，在那裡的，正是叶老師。
但叶老師在和水屑的最終決戰後，就從現世消失了。找遍各地也沒看到人。
儘管無法斷定那就是「死亡」，但幾乎是同樣的意思。
「……咦？咦？為什麼叶老師會在這裡？」
我雙手抱頭，大腦陷入一片混亂。
「不是叶老師，也不是安倍晴明，我在這裡是小野篁。茨木，妳要記好。」

他淡淡地要求我更正稱呼他的方式。

明明他自己以前總是嘮叨「要叫我叶老師」……

「等等，那種事不重要吧！你如果還活著，就該連絡我們啊！」

我激動地指向叶老師，不自覺抬高音量。

「別說傻話了，這裡可是地獄。」

叶老師一臉掃興，又呼嚕呼嚕抽起菸斗來。

他居然在地獄也有重度菸癮，真是無藥可救耶。

「少來了，你絕對有方法連絡我。都做出獄卒APP這種東西了。」

「……」

「你只是覺得麻煩吧，混帳。」

馨似乎也有點生氣。

這也理所當然吧。

我們可是為了叶老師的消失哀痛不已。

就連陰陽局那些人也很難過，感嘆著痛失一個人才。

心裡深深懊悔，自己都沒能為他做些什麼，過去老是受到他的幫助，卻連感激之情都沒來得及好好傳達。

結果，這傢伙不連絡任何人，竟然就待在地獄悠悠哉哉地抽菸草。

「不過，你們還真的找到地獄來了。我還以為你們再也不會來這裡，特別是茨木，妳在地獄吃了不少苦頭吧？」

「你可以不要轉移話題嗎？拜你所賜，我的心理創傷都回來了啦！」

叶老師臉上掛著不懷好意的笑容，低頭看著我。我簡直要氣瘋了……

根本沒有什麼感人肺腑的重逢。

叶老師為了保護淺草而死。大概是這個想法讓我不小心把記憶都過度美化了，不過——我想起來了，我全都想起來了。

沒錯。

這個男人從還是安倍晴明的時候，就一直是這副德行。

「我在地獄的盡頭等你。」

「……」

「叶，這是你最後傳給我的訊息。」

另一方面，馨神情認真，把自己的手機畫面拿給叶老師看。

「我一直很在意這句話。你位居地獄高官，甚至能操控我們何時轉世，轉世到哪裡，怎麼可能這麼輕易就死掉了……」

馨目光銳利地瞪向叶老師。

「果然，如我所料，你人就在地獄。為什麼不回現世來？」

「收拾善後太麻煩，就交給你們做啦。」

叶老師微微側過頭，輕聲一笑。

「好不容易才有時間可以放鬆一下，事到如今，更不能回現世去了，妳說對吧？葛葉。」

「……咦？」

叶老師身旁，不知何時起多了一群金色蝴蝶飛舞著。

那些蝴蝶聚在一起，化為一隻金色的狐狸，在叶老師身側安穩佇立著。

我們緩緩睜大雙眼。

葛葉，是叶老師從還在常世時，就一直陪在他身邊的妻子。

「葛葉？」

「為什麼在這裡……？」

我和馨都訝異萬分。

叶老師輕撫狐狸的毛，狐狸撒嬌似地用身體磨蹭他，把頭倚在他大腿上。

「我和葛葉都在那次戰役前，就獲得了神格。雖然作為人類的壽命已經結束了，但我們都會以神明的身分繼續活下去。」

我愣在原地，同時，內心深深受到震撼。

我不太清楚為什麼，但胸口緊緊揪著，莫名想哭。

這對夫婦現在依然在一起。

那對我而言就像是一個希望，一種救贖。

馨的心情肯定也一樣吧。

果然贏不了他啊。馨望著叶老師的表情像是在這樣說。

叶老師挨近葛葉，沐浴在從枝垂櫻縫隙射下來的光線中……

以那雙令人毫不懷疑他是神明的眼眸，低頭看著我和馨，開口說：

「我會待在地獄的盡頭，看著你們今後的生活。我會一直守護著你們，確保你們能夠創造出一個幸福的人生。」

守護的宣言衝擊我的心。

明明他至今為止，已經一直、一直在守護著我們了。
只是我和馨從來都不知道而已。
什麼都不知道，一直敵視他而已——
然而，在如此漫長的奮戰中，他為什麼有辦法為了別人的幸福努力到這種地步呢？
為什麼沒有放棄、也沒有逃跑呢？
叶老師自身的幸福，究竟又在何處呢？
「你呢……你，過得幸福嗎？」
馨殷切地問，叶老師抽了口菸斗，吐出一口菸。
「我認為自己的人生還不壞。至今為止是……我想，從今以後也是。」
無論是前世或這一世，我都不曾見過他此刻這種平穩而幸福的神情。
啊啊，果然贏不了他。
明明我曾經恨過他，憎惡他，甚至也殺過他。
但他卻能夠毫無怨恨地說出，自己的人生還不壞。
「謝謝你。對不起。」
感受、話語、淚水皆滿溢而出。

「謝謝你，做的一切。老師……」

我一直很想向他說這句話。

我一直很後悔，以為再也沒有機會告訴他了。

我純粹的感激之情，讓叶老師不住眨眼，表情像看見什麼奇珍異獸似的。

接著——

「沒想到有一天我可以聽見妳說這句話。」

老師蹙眉，露出感傷的笑容。

我淚流不止，馨的眼睛也含著淚水。

但最後，我們又都覺得好笑，相視而笑。

我們必須盡情享受人生，勇往直前。

沒有其他選項。

不盡情地活，就無法報答這個人的恩情。

所以，你就看著吧。

看著我們的未來。看著我們如何活。

不負你和我們的前世，這一世，一定要獲得幸福給你看。

在尚不可知的未來，用心培育叶老師埋下的種子，全力綻放出花朵給你看。

然後，有一天，當我們的人生走到盡頭，再次來到這裡時——

在落英繽紛的櫻花樹下，無論敵人朋友都一笑泯恩仇，舉杯展開一場盛大的宴會吧。

一邊聊著傳說故事的後續，聊到天荒地老。

番外篇

【一】未來，勇敢面對詛咒。

【二】未來，吹起新開始的風。

番外篇【一】未來，勇敢面對詛咒。

我做了一個好長好長的惡夢。

魑魅魍魎伸出黑手，悲嘆「絕對不原諒你」，在背後追趕我的夢。

昔日的我，究竟殺害了多少妖怪呢？

埋下了多少怨恨的種子呢？

在陰鬱的天空下，空曠寂寥的荒野上，我只能拚了命逃跑，在心裡問。

——未來，永遠都逃不出這個詛咒的束縛。

水屑駭人的聲音，不斷向我覆誦這句話。

或許真是如此。

或許無論我如何掙扎都無法獲得幸福。

或許我根本沒有資格獲得幸福。

但當我一心一意向前跑時，一道光穿過雲層射下來，我聽見一個聲音在呼喚我的名字。

未來、未來。

一切都結束了。所以，你快回來——

○

「……」

潔白而陌生的天花板。

突然，一個鮮橘色的頭從旁邊伸進視野。

「未來！你醒了嗎？」

「……茜？」

我的意識依然朦朧，但一臉擔憂注視著我的那位少年，他的名字出乎意料地立刻閃現腦海。

津場木茜，陰陽局的一位退魔師。

「這裡是……」

「這裡是京都，陰陽局京都總部的醫療機構。」

「我……還活著？」

「嗯，對，你還好好地活著，茨木和天酒也活著。當然我也是。」

茜向我說明情況。

和水屑大人的戰役結束後，我身負重傷，勉強保住一命。

但我因為受大魔緣的詛咒侵蝕，一直沒醒過來，就被送到陰陽局位在京都的醫療機構，接受相關治療。

這樣呀。

我活下來了啊……

我拿下裝在臉上的呼吸器，緩緩坐起身。

義肢還裝在雙腿上，大概是他們沒辦法取下來。因為這是透過我的靈力，和神經接在一起的。

「喂，喂喂，你不要亂動。」

茜一邊叮嚀，一邊伸手要扶我坐起來。

明明茜自己的傷也還沒好……

身體還是不太有感覺，思想和情感也鈍鈍的。

就在這時，病房的門開了，一位身穿和服、頂著妹妹頭的陌生女性步入房裡。

年紀看起來和我跟茜差不了多少……

「初次見面，來栖未來。我是土御門佳蓮，一名陰陽師。」

「……」

名叫土御門佳蓮的人游刃有餘地看著傻在原地的我。

「這麼說好了，我算是負責你的治療及未來發展的人吧。你的傷勢很嚴重，身上又背負著龐大的詛咒，目前要先設法讓肉體和精神恢復健康，讓你不再覺得活著很辛苦。」

怎麼回事？

這個人的靈力有一種奇妙的存在感，或說，有一種咄咄逼人般的氣勢。

但並不會令人感到畏懼……

「喂，未來，你嘴巴一直開著耶，你了解現在的情況嗎？以後你會和我一樣成為陰陽局的退魔師。然後，將來會在這個人下面工作。」

「……咦？」

茜在旁邊說了很多話，但我不太能理解眼前的狀況。
而且，我從來沒說過自己要當退魔師……
茜似乎看穿了我心中的想法。
「你看起來不太情願。不過，就先照我們的安排吧，之後我們會再確認你的意願。不過在那之前，負責照顧你的就是前面這個人，所以你別對她不禮貌。她看起來年輕，位階可是很高的。」
「啊哈哈，也沒那麼誇張啦。」
土御門佳蓮開懷大笑。
但立刻又恢復陰陽師那種看不透真心的笑容，雙手交疊在背後。
「我從一出生就身在這個業界裡。來栖，我希望你能放心依靠我。到了明年，你會和津場木一起進入京都的陰陽學院就讀。當然，如果你願意的話。」
「……」
「到目前為止有聽懂嗎～未來。」
「啊，嗯，大概。」
被她們牽著走了……我愣愣地點頭。

茜傻眼似地「唉」了一聲，搖搖頭，土御門佳蓮則輕笑出聲。

這樣呀……

我接下來肯定會在這些人的幫助下活下來吧。

不再是波羅的．梅洛的狩人，水屑大人也不在了。

在現實世界裡，我算是死了。只有自己一個人的話，什麼都做不了吧……

我冷靜地思考這些事。應該說，我很清楚，除了仰賴這些人，我沒有其他方法可以活下去了吧。

此刻，我連「我討厭這樣」、「還不如死了好」之類的情緒都沒有。

沒有反抗的力氣，也不認為自己有那種資格。

沒錯。現在的我，一無所有。

因為一無所有，只能順從地，按照他人的安排過日子。

我被妖怪詛咒著。

源賴光殺害的眾多妖怪的詛咒，即便在轉世之後，依然糾纏著這個靈魂，可見其業力之深重。

再加上這次又中了化為大魔緣的水屑大人的詛咒。

聽說這個詛咒的威力非比尋常。大家都說，這是打倒大魔緣的代價。

如果要活下去就必須背負這種東西，倒不如死了輕鬆……以前的我大概會這樣想吧。

但他們告訴我，現代有好幾種方法可以處理妖怪的詛咒，雖然需要花一點時間，但可以一點一滴地消除。

「初次見面，我叫作水無月文也。」

過沒幾天，佳蓮帶了一位青年到我的病房來。他的髮絲宛如銀線，氣質高雅，披著羽織外套。

看來是為了治療我的詛咒，才特別請來的這方面的專家。

佳蓮向我介紹。

「來栖，水無月是我的同學，也是我的青梅竹馬。對京都的陰陽師來說，水無月家的淨化詛咒藥是絕對不可或缺的。只要有水無月家的藥，你的詛咒也能慢慢淨化掉喔。」

「……」

我的感覺只是，又來了一個陌生人，但從早上就待在我病房裡的茜睜圓了雙眼，低聲喃喃道。

「……居然連水無月家都出場了。說起來，我還是第一次看到水無月家的人。」

他說話的語氣簡直像看見了傳說中的生物一樣，我覺得有點不可思議。

不過，在這個人進入病房的那瞬間，我的確感受到一種簡直不像是人類的奇特氣息。但他並非妖怪，確實是人類。

「水無月家的藥可以淨化詛咒……究竟是怎麼樣一種機制呢？」

茜比我更興味盎然地詢問。

「這個呀……」

名叫水無月文也的青年神情沒有太大變化，從懷中掏出一個小盒子，打開盒蓋給我們看裡面。

裡頭鄭重地擺著一粒既像冰糖又像玻璃工藝般圓潤的果實，閃閃發光，十分美麗，光是看著，心裡就有股不可思議的感受。

「淨化詛咒的藥會使用只有我們水無月家在栽培的『寶果』這種果實，這個『寶果』其實是距離我們居住的世界系非常遙遠的異界產物……乾淨澄澈的程度可說是遠遠超出現世的基準。從某個層面來看，寶果富含奇蹟般的潔淨靈力，可以將汙穢之物清除到低於零的程度。」

「寶果，青桐給真紀吃的那個嗎？」

我對這東西沒有任何想法，但茜似乎有印象。

「這種果實確實也可以拿來暫時恢復靈力。如果直接吃，會因為靈力過多而造成肉體的負擔，原本應該要先經過各種加工處理，不過……之前淺草那場戰役，我聽說有位少女直接吃也沒有出事，平安恢復靈力，老實說我真的很驚訝。」

……他說的是真紀吧？

看來身受重傷的真紀在對戰時可以和水屑平分秋色，就是因為吃了這個果實的緣故。

水無月文也走到我床邊，在事先擺好的折疊椅坐下來。

「手。」

「……」

我聽話地伸出手。

他握住我的手，維持了這個姿勢一會兒。

水無月文也閉上雙眼，似乎正透過手在檢查詛咒的嚴重程度。

「怎麼樣？」

佳蓮從旁探出頭來，詢問水無月文也。

「……真是驚人。我有先聽過情況，但來栖身上的詛咒相當龐大。我至今看過很多背負詛咒的退魔師和陰陽師，這麼嚴重的還是第一次遇見。」

水無月文也神情略微嚴肅地蹙眉，接著往下說：

「不過，既然他有這等靈力，應該承受得住水無月家最強力的藥物。這一點相當有利。」

「呵呵，那就麻煩你用最好的藥囉。水無月。」

「當然，我就是這個打算。來栖，接下來每天早晚要請你服用這個藥。」

水無月文也從自己帶來的藥箱中，掏出一樣物品。

那是綁成一束的藥包，他直接交到我手中。

「藥……」

「對，沒錯。你開始吃這個藥後，應該會做一些奇妙的夢。請你每天早上把那些夢境的內容寫進筆記本，那會幫解除詛咒的儀式帶來一些提示。」

「……我現在就每晚都會做夢了，無數隻黑手追趕我的夢。」

我小聲回答，房間裡的人全都像是很想回「哦～」似地睜大雙眼。

「黑手。詛咒在來栖眼裡，看起來是這個樣子呀。」

「大家都不一樣嗎？」

我一直以為每個人都是看到相同的東西，看來並非如此。

關於這個問題，茜告訴我。

「詛咒呈現出來的樣貌，在每個人眼中都不同。有可能是鳥的形狀，也有可能是野獸的形狀，偶爾也會以人類的輪廓出現。」

佳蓮接著茜的話往下說。

「詛咒還保有形狀，就代表那個詛咒目前還在全盛期喔。」

或許是因為我流露出不安的神情吧。水無月文也注意到了，聲音沉穩地安慰我「沒事的」。

「請你相信這個藥的功效。這樣一來，首先詛咒會漸漸失去形狀；一旦形狀沒了，侵襲身心的痛苦應該也會大幅減輕。我也會幫忙的，我們一起加油吧。」

「……嗯。」

那道成熟穩重的聲音，令我不由自主地乖乖點頭。

「那我先告辭了，下星期我會再拿藥過來。剩下的，佳蓮，就交給妳了。」

水無月文也從折疊椅站起身。

「喂、喂。」

茜神情慌張地叫住正打算離開的水無月文也。

「那個……水無月家的藥相當貴重，我聽說價格非常高昂。你們是『天女的末裔』，獨擁月之遺產的一族。」

「……你說的沒錯。」

「我聽說特別是『寶果』的藥物又有生產上的限制，花再多錢也不一定買得到。甚至就連東京陰陽局，也只有青桐有門路可以取得。」

「……」

「那方面沒問題嗎？那個……未來應該是身無分文。」

茜的語氣透著不同於平常的焦躁，我身上的確是半毛錢也沒有。

順帶一提，佳蓮也側眼直盯著水無月文也瞧。

水無月文也的表情平靜無波。

「這次，水無月家在提供藥物上願意全力支援。」

「哎呀，你這話就是免費的意思囉？對於守財奴水無月來說還真難得，平常不管我再三拜託你也都不肯給個優惠的。」

「妳這樣講不太好聽耶。佳蓮，這次以我來說也是對未來的投資。」

說完，水無月文也又轉向我，禮數周到地緩緩鞠躬致意。

「今後也請你關照水無月家。」

自從開始吃這個藥後，我的夢境真的產生了變化。

原本那些黑手追趕我，緊緊抓住我，一心一意要把我勒死。

那個情境真的有夠恐怖，可是，該怎麼說呢……

自從開始吃藥後，那些黑手都變得有氣無力。

完全不來追我，就在空中軟趴趴地蛇行，又啪一聲掉落地面。根本不可怕。

到了早上，我理所當然地醒過來。

醒來後的感覺，並不糟糕。

是至今幾乎不曾感受過的，一種類似舒適的感覺。

我起床後，立刻就把自己記得的夢境內容寫在筆記本上。

每天，每天，都重複做這件事。

慢慢地，夢境裡出現的詛咒黑手，數量逐漸減少，也愈變愈小，終於有一天，外觀變得像從地面長出來的雜草，彷彿一伸手就能輕易拔起來。

實際上，我在夢中試著拔過了。

「……？」

結果根部有一個乾枯的猴臉，嚇到我直接扔出去。

那天早上，我就在這裡醒過來。

「這樣聽起來，未來的儀式大概是『拔草』呢。」

每週送淨化詛咒藥來的文也，聽我描述夢境，看過筆記本上寫的內容後，對我的除咒儀式做出判斷。

這時，我已經喊他文也，他也開始叫我未來了。

至於茜，他平日基本上都會回關東的老家。

「……拔草？」

「未來，儀式非常重要。每個人的儀式內容不同，但每天有做或沒做，會大大影響身負詛咒的人的『生活品質』。」

「沒錯沒錯。順便告訴你，我是每天都要折紙。這是我的儀式。」

在病房窗邊，佳蓮撕開夾心麵包的袋子，正準備吃遲來的午餐，一邊告訴我有關除咒儀式的事。

對於被詛咒的人類來說，除咒儀式的效果是，可以免除那個詛咒帶來的痛苦。

透過儀式降低詛咒的影響，再靠水無月家的藥來清除詛咒。同時從這兩方面下手，是這次在處理我身上龐大的詛咒時，可以做的極限了。

「這樣說起來，津場木好像說過他每天早上都會喝牛奶。我的未婚夫蘆屋……是什麼來著？」

「蘆屋每天都要跑十公里。」

「啊啊，沒錯沒錯，所以那傢伙以前每天都從老家跑到學校去上學。」

「……至少未婚夫的儀式妳要記住吧，佳蓮。」

文也有點傻眼地嘆氣。

「未婚夫？」

我疑惑地側頭，佳蓮留意到我的反應，向我詳細說明。

「對，我有未婚夫喔。他的個性有點冷淡但剛毅勤奮，年紀比我小。對耶，還沒有介紹他給你認識，下次我帶他過來。」

「未婚夫……是什麼？」

「啊啊，你是在問這個啊？未婚夫就是將來要結婚的對象。水無月也有未婚妻喔。」

「嗯。」

文也理所當然地點頭。

我腦中的疑問愈來愈多。

「……為什麼？為什麼你們兩人都已經決定要跟誰結婚了呢？」

兩人明明年紀和我相仿。結婚這種事，一般還早得很吧。

「為什麼呀。」

佳蓮和文也對看一眼，略微無奈地笑了。

「說起來可能有點悲哀，但在我們的世界裡，血統勝於一切。現在看得見妖怪的人類愈來愈少，為了把這種力量傳給下一代，只好讓有天分的人聯姻。」

「……」

「佳蓮，未來呆掉了。」

確實如文也所說，我半張著嘴說不出話來。

佳蓮猛然驚覺。

「啊啊，抱歉抱歉，你才剛因為茨木真紀失戀。別在意。你以後一定會很受歡迎的！一定會很有女人緣的！」

「……」

「別再說了，佳蓮。未來現在這個時期，不能累積心理壓力。」

文也擔心我有壓力，朝佳蓮投去制止的眼神，出聲抗議。

佳蓮說「知道了知道了」，整個人陷進病房裡的沙發，不知從何處拿出色紙開始折了起來。

文也繼續向我說明。

「聽好了，未來。除咒儀式透過每天重複執行，會供養施下詛咒的對方，憑藉這種方式來平緩對方心中的憎恨。這也是自古以來就存在的術法，可以減輕詛咒帶來的痛苦。」

他還說，至於佳蓮為什麼到現在還在做除咒儀式，是因為嚴重的詛咒我們會用藥消除，但會刻意留下對性命沒有大礙的詛咒。

這樣做的原因，是因為詛咒這種東西相當棘手，如果全部清乾淨，對詛咒的耐受力也會消失，就很容易中新的詛咒。因此大家認為，如果要成為一個不怕詛咒的陰陽師，身上最好有一些詛咒……

「未來，你要拔草的話，可以去這間醫療機構的後院。那裡有一片鎮守用的森林，就算現在夏天也很涼爽。」

「……好，我知道了。」

我順從地點頭。

如果只是拔草，現在的我應該也辦得到。

拔草時需要用到的工具，幾天後文也幫我準備好拿過來。

佳蓮也經常來病房露臉，檢查我有沒有偷懶沒做除咒儀式。

就像這樣，我在京都的醫療機構受到佳蓮和文也的幫助，努力克服詛咒。

兩人都非常親切又體貼。

像我這種人，仰賴他人協助活著。

這件事十分令人感激，非常奢侈。

然而，為什麼呢？我的內心依然隱隱感到一種隔閡。

我還沒有活在這個世界上的真實感。

就連自己為什麼要活著都不太清楚。

只是順著他人的安排過活而已。

夏末的一個傍晚。

我和平常一樣，在陰陽局醫療機構後方的鎮守之森拔草。

這裡有一間小巧的神社和鳥居，空氣十分乾淨，總是很安靜。

聽說這間醫療機構位在京都東側的山上。

這個地點一般人不太會過來，夏天也十分涼快，後面的鎮守之森空氣澄澈，令人神清氣爽。

拔草是每天都必須執行的儀式。靜靜拔草的過程內心很平靜，我相當喜歡。

「……呼。」

日本暮蟬鳴叫著。

總感覺今天的風，既溫柔又帶著一股好聞的氣味。

現在，我已經不會再因詛咒而頭痛欲裂到想死了，只有偶爾會刺痛一下。藥和儀式的效果，

我自己也有感受到。

而且，待在這間醫療機構的期間，我幾乎不會遇到妖怪。

因為有強力結界守護的緣故，能進出這裡的頂多就是陰陽師的式神……

我有點累了，在連接機構和中庭的階梯坐下來，拿起毛巾擦汗，稍作休息。

口好渴，我剛浮現這個念頭。
「哇啊啊啊！」
階梯上方傳來尖銳的慘叫聲，我詫異地回頭時，冷水迎面潑來。不是水，是麥茶，裡面還有冰塊。
「啊啊啊啊啊！對不起，對不起！」
「……」
老實說，冰冰涼涼的很舒服，只是我全身都是麥茶味。
一個陌生女孩子慌慌張張地跑到我身邊，不斷鞠躬道歉。
我則是渾身濕淋淋的，驚愕地半張著嘴巴。
那個女孩穿著學校制服，切齊的長直髮在腦後綁成一束。
她是誰……？
「哎呀，來栖，你原來還是個會滴出麥茶的好男人啊。」
佳蓮站在階梯上方看著我們，手摀住嘴嗤嗤笑了起來。
「……那個，佳蓮，這到底是什麼情況？」
「嗯？潑了你一身麥茶的那個女孩子，叫作淺間風子。以後風子會負責輔助你。」

「輔助，我？」

要輔助什麼？不對，為什麼要潑我麥茶？

「對不起，對不起。我想說……你說不定口渴了，就泡了麥茶想拿給你。那個，我經常，看到你很認真在拔草……」

她把原本抱在手中的茶壺放在階梯上，驚慌失措地翻口袋。

看來是她在下階梯時絆到腳，才把茶壺裡的麥茶全部倒到我身上了。

還有，這種事啊……

「風子就如你所見，是個天生的糊塗蛋，不過她的治療系陰陽術可是天下一絕。她是營運這間醫療機構的淺間家的女兒喔。最重要的是，來栖，我認為她很適合你。」

「……適合我？」

我完全摸不著頭緒。

基本上我是個害羞內向的人，因此我一臉為難地呆站在原地，結果名叫淺間風子的女孩就用一條很女孩子氣的手帕，擦拭我濕答答的頭髮和臉頰。

我是覺得靠那條手帕應該擦不乾啦，不過……

「啊，那個，嗯……」

我一直低頭看下面，她的雙頰泛起紅暈。
「我是淺間風子！請多多指教！」
然後，她猛然低下頭，結果她的額頭正好撞上我的太陽穴。
出乎意料地痛。
「痛……」
「啊啊啊啊啊！對不起，對不起！我不是故意的！」
名叫淺間風子的那個女孩都快哭出來了，不停道歉，佳蓮則大笑出聲。
「啊哈哈哈哈！居然一碰面就馬上攻擊太陽穴。她很有趣吧。」
「……」
我無言地瞪向佳蓮，她倒是輕輕鬆鬆就閃開我的目光。
「順便告訴你，你們明年起就是陰陽學院裡兩人一組的夥伴了。畢竟必須要一男一女組成一組。」
「咦？」
「你們很適合。兩個人好好了解一下對方，好好溝通，要互相協助對方發揮實力喔。報告完畢！」

我很不知所措，不知所措得要命。

要和不認識的女孩一組，感覺很恐怖。更糟的是，她的行動根本不可預測，這樣的人居然要時時刻刻待在我身旁。

我心中的不安情緒如漩渦般不斷擴大。

她一定也不想和我這種以前當過狩人的男生一組吧……

就這樣，我遇見了淺間風子。

番外篇【二】未來，吹起新開始的風。

「你、你好！未來！」

「……妳好。」

潑了我一身麥茶的那個女孩子，自那天起，每天都會過來我的病房。

她手中總是抱著厚厚一本資料夾，裡頭多半是有關我的資訊吧。

淺間風子。

年紀和我一樣，十八歲。

她體型嬌小，纖細柔弱，感覺不太可靠，個性又慌慌張張的，不過總是在我面前展露甜美可人的笑容。很可愛，很女孩子氣，說話音調也偏高。

如果要用一句話來形容，她看起來就像一個連隻小蟲都沒殺過的女孩子。

「未來，你不熱嗎？」

「……還好。」

「你不渴嗎？你今天午餐沒吃多少，不會餓嗎？」

「……還好。」

今天也一樣傍晚時去拔草。我走進機構的後院時……

風子操心個沒完，小碎步跟在我後面，不停關切發問。但我不太能親切回應她。

我個性原就內向害羞，又不太會說話。

如果對方是遠比我成熟穩重的佳蓮或文也，或者囉哩囉嗦的茜，他們會主動延續話題，我只需要安靜聆聽，談話就能順利進行下去……

老實說，我真的很怕跟這個女孩子單獨相處，心裡有點煩躁。

一方面是她的聲音又尖又細，震得我頭腦發暈，但我最怕的是她那張開朗笑臉。

為什麼呢？

她的靈力確實比一般退魔師更高，身上有某種詛咒，也有股奇特的氣息。

但那張笑臉沒有一絲陰霾，有種乾淨的美，令我這種在汙穢環境中長大，一輩子在陰影中打滾的人，感到相形見絀。

像她這樣的女孩，一定有不少男生想和她一組吧。

一定不是自己願意要跟我一組的吧。

她看起來就是一副容易心軟的模樣，一定只是因為陰陽局或佳蓮希望她來照顧我才答應的……

為什麼面對我這種人時，她還能展露出那樣燦爛的表情呢？

「……」

痛。一陣劇烈頭痛襲來，我在後院抱住頭停下腳步。

拜藥和儀式所賜，最近詛咒引發的疼痛幾乎都消失了。

但偶爾會像這樣，無預警頭痛到要裂開似的。

以前可是每天都要這樣痛很久，因此短暫的疼痛根本算不了什麼吧……

我這樣告訴自己，忍耐著痛楚。

「未、未來，你還好嗎？頭痛嗎？」

風子注意到我的異狀，跑下連接機構和後院的階梯，臉上神情十分焦急，直盯著我的臉瞧。

她那雙漆黑的大眼睛，顏色深到彷彿要將人吸進去一般，看不透她真實的情感。

我倒映在她瞳仁上的身影枯瘦如柴，就是個毫無吸引力、不可靠的眼鏡男。

「等一下，我現在就來施展可以忘卻疼痛的術法！」

風子這麼說，翻開自己一直拿在手中的資料夾。

應該是要查看有關我身上詛咒的資訊吧。就在那時，一陣強風吹過，捲起了資料夾裡的紙張。

「啊啊啊啊啊啊啊！」

風子驚聲大叫。她老是這樣，淨做些徒勞無功的事。

「夠了夠了，妳不用管我。」

我手撐著陣陣刺痛的頭部，轉身背對風子。

「風子，妳不用太關心我。」

「……」

「妳的聲音，會在頭腦裡一直震盪。」

我冷淡地拒絕她的好意。

但相較於在這裡認識的其他人，我真的最不知道該如何面對風子。

在我不知情的狀況下，就被擅自配了對的夥伴。

一個年紀相仿，柔弱無比的女孩子。

我深知自己不足，因此這樣一個女孩子不得不遵照命令陪在我身邊，這種狀況令我於心不安，備感歉疚。
所以我一直無法坦然接受她的笑臉和體貼。
然而，我明明都那樣冷淡放話了，隔天風子依然來到我的病房。
「那個……你好。」
風子屏息般小聲地說。
大概是因為我昨天說「妳的聲音會在頭腦裡一直震盪」的緣故吧。
「昨天對不起，我太大聲了。我的聲音太尖了，很吵對吧？常有人這樣說。」
然後，果然傻呼呼地笑了。
我很清楚她是希望我不要放在心上才故意這麼說，但就連她這種努力的模樣都讓我很火大。
彷彿我的存在束縛住了她的行動、表情，甚至是情感，我就是受不了這樣。
「為什麼？」
「……咦？」
「風子，妳為什麼可以在我面前笑得那麼開心呢？」
她懷中那本資料夾，應該記錄了我過去的一切才對。

被硬塞了一個擁有如此醜陋過去的男孩，還要被我這種人批評自己的行為和聲音。

「妳非得盡心盡力討好我不可嗎？這是妳的工作嗎？」

「……」

「像妳這樣的女孩子，應該還有很多男退魔師想當妳的夥伴吧？不是非要我不可才對。」

一個更可靠、更穩重，行事游刃有餘又溫柔體貼，能夠引領妳這種女孩子的男孩。

這瞬間，我驀地想起馨。

我們明明長得一模一樣，他卻與我不同，對自己有自信，可靠又帥氣。就連那麼強悍的真紀都願意在他面前展露脆弱的一面，信賴他，深愛他……

風子一句話都沒說，我頓時從自己的思緒中驚醒，抬起頭。

才發現風子整個人愣在原地。

「風、風子。」

我有點著急，我知道我踩中了她的地雷。

「……我，沒有，那種人喔。」

風子用細若游絲的聲音說。

漸漸地，她的嘴巴開始顫抖，雙眼不住眨動。風子垂下頭。

「因為，大家，都覺得我噁心……」

風子轉身背對我，小跑步奔上階梯。

大家覺得風子噁心……？

她說了出乎我意料之外的話，我呆在原地好半晌。

但有一件事我很清楚，我傷到她的心了。這一點我真的感到很抱歉。

至今我常用不友善的態度對待她，現在根本說什麼都來不及了……

退魔師的夥伴，最重要的就是信賴。這樣的我，根本不可能勝任。

那天我在拔草時，雜念紛飛，頭痛得比平常久。

等我回過神，四周都暗了。想著差不多該回病房了，我拿起工具。

要是明天有見到風子，就向她道歉吧。

好好道歉，然後老實跟佳蓮說，我沒辦法當風子的夥伴。

我一定會傷害到她。

而且，風子一定也討厭我了。

「風子，妳有聽懂嗎？」

就在這時。

一群女生爭執的聲音傳來，我在機構走廊的轉角下意識停住腳步。

「妳明年就從這裡滾出去吧。」

我戰戰兢兢地探出頭，轉角的另一側走廊上，風子和三位穿著和服、年紀比我們大的女性，氣氛凝重地面對面站著。

風子瑟縮著身子，身形顯得更加嬌小。

「我想，院長心裡，一定其實也很想把妳這個麻煩趕出去。」

「因為沒人領養，就不得不養育化猿的妻子，真是可憐。」

化猿的……妻子？

「可、可是，姊姊，我如果離開這裡，沒有地方可以去。」

「啊？」

「而且，我在這裡，有必須做的事……！」

風子前傾上半身，拚命解釋，但只要她向前一步，其他女性就會大聲地「哼」一聲，或說「討厭」，讓她嚇得慌張退後。

「拜、拜託，妳不要靠近我。髒死了……」

「只要待在妳附近，都會沾上化猿的臭味！」

「……」

有個人以和服袖子掩鼻，還有人像在驅蟲似地揮手趕風子離開。

「實在有夠噁心，為什麼佳蓮大人會推薦妳這種貨色去當來栖大人的夥伴呢？」

「不過，來栖大人也討厭妳了吧？妳真的是招人厭惡耶。」

「靈力高的人類就會曉得，妳這傢伙『真髒』。」

我聽不太懂她們對話的內容，但我知道風子正單方面挨罵。

「要是沒地方可以去，乾脆就真的去當化猿的妻子如何？」

「……」

「在這個女性稀少的陰陽界都一直找不到未婚夫，妳就是多餘的東西啦。」

那些女性不曉得是在樂什麼，不是嗤嗤笑著，就是哈哈大笑。

我完全無法理解，為什麼可以這樣否定別人？

「……是，對不起。」

風子明明被罵了難聽話，明明被狠狠嘲笑，卻沒有一句反駁，只是垂下眼角微笑著。

就連這種時候，她果然還是笑著。

這樣的風子又看得我心裡悶悶的，莫名煩躁。

風子直接朝我所在方向快步跑來。

在轉角撞見我時，她的雙眼通紅，蓄滿大顆淚珠。

「……」

「……」

風子沒料到會遇上我，驚訝地睜大雙眼，隨即難堪地垂下頭，無言地從我旁邊跑過。

我只看見她落下的淚珠。

從那一天起，風子不再來找我了。

「哎呀。來栖，你今天也很努力拔草耶。」

「……佳蓮。」

風子不來找我，差不多過了一星期左右時。

許久不見的佳蓮來了，朝正在機構後院拔草的我搭話。

「多虧你，這塊地整齊多了。接下來乾脆種些花卉蔬菜如何？」

「……」

「怎麼了？你今天特別沉默耶。」

「那個，佳蓮。風子……那個，她好嗎？」

我一開口就先問風子的事。

佳蓮似乎沒料到我會主動詢問風子的事，微微愣住了。接著，她手放在下巴，「嗯——」地沉吟著。

「怎麼說呢？她最近是有點沒精神。」

「……」

「來栖，你好像不太喜歡風子對吧。不過，這種事也不能勉強。退魔師的配對，合適與否很重要。」

「不，沒那回事。」

我搖頭。

但其他人會這樣認為，或許也很自然。

實際上，我的確一直不曉得該如何面對風子。

風子的事，我一點都不了解……

「那個，佳蓮。風子，到底是什麼人？」

我把上星期撞見的那一幕告訴佳蓮。

自那一天起，我滿腦子都是風子的事。

我該不會是徹底誤會她了吧。

我感覺自己必須要好好了解她。

我忘不了風子落下的眼淚。

「有些事風子可能不太希望別人知道，但你想了解風子是嗎？」

聽見她這句話，我有點退縮，但仍舊點了頭。

帶著秋季氣息的風吹過。

佳蓮抬高目光，凝視著黃昏的天空，緩緩開口。

「風子呀，她的出身比較特別。她還是小嬰兒時，在比叡山的深山中被陰陽局的退魔師救回來，帶到這間機構來。」

「……在深山，救回來？」

「對，她呀……是被陰陽局奉命處理的『化猿』抓走的嬰兒。」

「……」

被抓走的……嬰兒？

「她是在哪裡出生的？是怎麼被妖怪抓走的？父母是誰？……這些事到現在我們依然不曉得。只是，從化猿的巢穴救回來的那個小嬰兒，擁有見鬼之才和豐沛的靈力，就跟我們一樣。當時，她身上已被刻下化猿這種妖怪的妖印。那雖然也是一種詛咒，卻不會讓身體疼痛，比較像是妖怪在自己的所有物上留下的記號。」

「……」

見我說不出話來，佳蓮繼續往下說。

據說化猿這種妖怪有個習性，會搶走靈力高的小女生，細心養育長大，再讓她成為自己的妻子。這類傳說也很多。

在現代，陰陽局會密切監視、管理妖怪的行動。只要妖怪一出現可能傷害人類的舉止，退魔師或陰陽師就會立刻出動，除之後快。

儘管那種行為是出於本能或習性，但妖怪們害怕遭到殺害，很少再做出這類舉動。不過聽說現在還是偶爾會有無法違逆本能的妖怪引發這類事件。

「這間機構的淺間院長收養了風子，將她扶養長大，但淺間家的其他成員都嫌棄風子，看不起她。你看到的那三姊妹也是這樣。風子明明是個好孩子，又很優秀，只因為不曉得自己的出身和曾被化猿抓走的過去……」

只因如此，風子從小就一直受到其他靈能力者不講理的歧視。

「其他退魔師或陰陽師都用看見髒東西的眼神看她，還有人在背後叫她化猿的妻子。」

那個妖印，即使能靠淨化詛咒藥變淡，也沒辦法完全消除。最難應付的是，一旦在眾人心中烙印下了壞印象，日後就很難抹去。

我終於了解了。

當時她單方面挨罵的那些內容是什麼意思。

「她有這種過去，為什麼還能保持笑臉呢？」

在我這種人的面前，為什麼……

「那大概是因為她很高興喔。能和你組成一組，來栖。」

「……咦？」

我忍不住抬起頭。這是出乎意料的一句話。

「因為她很高興，所以不想被你討厭。太拚命了，常常做些徒勞無功的事，可能讓你覺得很奇怪吧。不過，風子也是盡力了。」

佳蓮說，風子總是神情慌張、笨拙冒失，又常搞砸事情，是因為和人相處讓她很緊張。

她臉上總是掛著笑容，是因為害怕別人更討厭她……

「她呀，一直都沒能被他人選擇。又沒有真正的家人，在陰陽學院也沒有人要和她一組。因為她的出身，這個世界的人類多半容易對她心生排斥。再加上身上有化猿刻下的妖印，到現在仍會受到那些化猿攻擊。在結界外面時，她必須時時警覺周遭動靜。」

佳蓮再次注視我。

那雙直率的眼睛十分認真。

「我認為你們很適合。你記得我說過這句話嗎？來栖。」

「……記得。」

我點頭。佳蓮當時的那句話讓我心生疑問，記得很清楚。

「我有把你的前世、出身和過去，全都告訴風子。聽完這些事後，你猜風子說了什麼？」

我搖頭。

「她哭著說，我希望他不會再傷心了。」

「……」

「風子可以療癒你的傷，而你可以保護風子。你們兩個的過去有些相似，我的推測……錯了嗎？」

我用力瞇起眼睛，緩緩握緊拳頭。

又一次對自己的愚蠢感到失望。

我為什麼要那樣推開一個，跟我一樣飽嘗過類似孤獨和苦楚的女孩子呢？她心裡的那種痛，我明明最清楚不過了。

「那個，風子她現在在哪裡？」

「嗯？風子在後山進行瀑布修行喔，那是她的儀式……啊。」

我衝了出去。佳蓮從後方大喊了些什麼，但我一心只想盡快見到風子，向她道歉。

我是白癡，老是滿腦子都只有自己。

以為除了自己以外的每個人都過著幸福美滿的日子。

以為就是自己最不幸，比任何人都受了更多的傷。

沒這回事。

我根本什麼都還不了解。

不了解風子，也不了解這個廣闊的世界。

往機構後山走了一小段路，看見一個淺淺的水塘和瀑布。

陰陽局的人好像常來這裡進行瀑布修行，我也為了潔淨自身被強迫做了幾次。

「……」

在那裡，風子身穿白色行衣，雙手合掌，承受著瀑布細細水流的擊打。

她和平常不同，神情肅穆，闔著雙眼，專注在瀑布修行中。

但在瀑布沖擊下的風子，那道身影正是她平時即便面對酸言酸語、被周遭人們輕視，也一直默默承受的模樣。

一陣強風橫掃而過時，風子注意到我的存在。

「未、未來……？」

風子一驚，稍微挪動身體離開瀑布，轉身背對我。

我也慌忙別開視線。

薄薄的行衣濕透後緊貼在身上，風子因我的視線感到尷尬。

「抱、抱歉……風子，我聽說妳在這裡，什麼都沒想，就跑過來了。」

佳蓮剛才在背後朝我大喊的，大概就是這件事吧。

「沒、沒事，沒關係。」

風子渾身濕透，微微發抖。

我想她一定很冷，就拿起掛在一旁樹枝上的浴巾，走進水裡。然後，把浴巾披在背對我的風子肩膀上。

「那個……風子，這是妳的除咒儀式嗎？」

風子一聽，似乎就明白我已經知道了她的過去，將披在肩上的浴巾用力往胸前拉。

「因為我、我……很髒。」

她用幾乎細不可聞的聲音，輕輕說。

她斷定自己「髒」，令我震驚不已。

「如果不像這樣每天潔淨身體……就藏不住化猿妖印的臭味，靈力愈高的人，就會愈討厭我。」

聽她這樣說，我胸口驀地一疼。

她嬌小的背影顯得如此孤單、柔弱。

風子一定以為我是因為這個妖印才對她這麼冷淡吧。

我從來不曾覺得風子「髒」，從來不曾。

我知道她身上有種奇特的詛咒，卻沒想到是這樣一段過往……

「對不起。」

我一個勁兒道歉。

「對不起……風子，我明明一點都不了解妳，態度卻那麼差勁。風子，妳沒有錯，我也不是討厭妳！」

一切，都來自於我自身的焦躁，來自於我缺乏自信……才把心裡的煩悶怪到她頭上。

我還縮在自己的殼裡，活在一個狹小的世界中。

根本沒能力想像，世界上每個人都有自己各式各樣的難處。

遇見風子，我下意識感受到接觸未知的恐懼。

她的笑臉，對待我的體貼舉止，如此甜美而純淨，我認為不是自己這種人該靠近的。

這樣作繭自縛的自己，實在有夠幼稚又丟臉。

但即使是這樣的我，唯有這件事敢肯定斷言。

「風子，妳一點都不髒。」

「……」

「我就是覺得妳的笑臉乾淨又美麗，才會避開妳。」

我擅自認定她看起來像是連小蟲都不曾殺過的女孩子。

是在寵愛中成長，和我完全相反的女孩子……

她的笑臉就是如此耀眼，耀眼到如果我完全不了解她的情況，很自然就會這樣設想。

如果她這樣算是骯髒的存在，那我這種人……

我這種人……

「我才是百倍、千倍的髒。風子，妳應該也知道，我過去曾殺害過許多妖怪，甚至也曾對人類下手……」

那場戰役結束後，我來到這裡，在平穩的生活中幾乎要忘卻自己的過去。

我不是幾乎要忘卻，只是不願回想起來而已。

大家都在為了減輕我身上龐大詛咒帶來的負擔而努力，但我就是個犯下罪過理應背負這麼重的詛咒的人類。

這一切都是我自作自受，其實沒有權利享受大家的體貼和照顧。

「如果要說討厭，我討厭的是我自己。我打從心底，討厭自己……」

我明明是來找風子道歉的，一時間卻太多感受湧上心頭，忍不住吐露自己內心最脆弱的部分。

這樣真的很糟糕。

但風子聽了我的話，緩緩搖頭。

「未來……」

然後，抬頭望著我的臉。

那雙漆黑的大眼睛，倒映著我難堪的表情。

「你不要這樣說。我呀，未來……」

沒錯，就在風子正想要傾訴什麼時——

「！」

瀑布上方突然一個東西啪地掉下來，從後面抓住風子。

「哇啊啊！」

「風子！」

茶色巨型野獸伸出長長的手臂一把抓住風子的身體，高高舉了起來。

事情發生在一瞬間，我和風子都來不及反應。

我居然沒有察覺到妖怪的氣息——

「未來，上面！」

聽見風子的聲音，我猛然抬頭，才看見上面聚集了全身覆滿毛髮、用雙腳行走的野獸，數量多到數不清，全都正虎視眈眈低頭盯著這裡。

他們臉上帶著木雕面具，手臂長得詭異，模樣十分奇特。

「化、化猿……」

風子這麼說的聲音發顫著。

為什麼這裡會有化猿？

照理說這間機構有層層嚴密結界保護，是有什麼狀況，導致這裡的結界產生縫隙了嗎？

這些化猿肯定是循著風子身上妖印的氣味過來的吧。佳蓮有說過，至今風子在結界外面時，還是容易被山猿妖怪盯上。

那些化猿吱吱狂叫，完全不在意我，一心只盯著風子。

這樣下去，風子就會和小時候一樣被化猿抓走了。

我咬緊牙關，將自己幾乎都要忘卻的、對妖怪的殺氣，一口氣釋放出來。

「！」

空氣頓時不同了，水面張力隨之繃緊。

那些化猿也頓時流露出畏怯。我的靈力，對妖怪而言應該透露著天敵的氣息。

我趁隙從化猿手中救出風子，用手臂摟住她。

「……咦？咦？」

化猿也好，風子也好，一瞬間無法理解電光火石之間發生了什麼事。

「吱、吱、吱吱吱吱吱吱吱吱咿咿咿咿咿咿——————！」

風子被我搶回來，那隻化猿不甘心地揮動因我的靈力而扭曲的長臂，橫掃周遭的樹木，發出刺耳的怒吼。

這傢伙大概是化猿的首領。

牠命令在瀑布上方待命的那群小嘍囉一起向我叫囂。

我依舊抱著風子，憑藉蓄積在腳上義肢的靈力，在水池中自由行動，俐落閃開山猿的攻擊。

然後，在相對安全的岸邊放風子下來。

「風子，妳在這邊等一下。」

「未來？你不能跟他們打，你身上連武器也沒有！這一帶的化猿非常強！」

「……沒事。」

我取下自己的眼鏡，請風子代為保管，向她承諾。

「我一定，會保護妳。」

風子那雙漆黑的大眼睛，睜得更大了。

她濕透的行衣腹部滲出鮮紅色的血，想必是化猿剛才抓得太緊，爪子刺進身體裡了吧。

這幾個月以來，我都沒有遇見妖怪，也不曾狩獵他們。

簡直像是過著沉潛般的生活。

但我的感覺可沒有一分一毫變鈍。

啊啊……沒錯，我想起來了。

我以前可是幾乎每天都在狩獵妖怪。

這些傢伙是敵人——

一意識到這件事，狠狠瞪向敵人的瞬間，「磅」地一聲，如落雷般的衝擊波向四周擴散開來，伴隨一道強烈的閃光，雷鳴轟隆作響。

我的靈力如電流般迸發開來。

波羅的・梅洛為我量身訂做的詭異義肢，在灌進我的靈力之後發出啪茲啪茲的聲響。

在我眼中，化猿並非敵人。以前我只是奉命狩獵妖怪，但現在的我有想要守護的人。

絕不能讓他們帶走風子。

「好厲害……」

勝負在一轉眼間就決定了。

就算身上沒有刀之類的武器，我那專門用來斬妖除魔的靈力，可以如刀劍般銳利，以閃電般的速度，把那群化猿向風子伸出的長臂瞬間砍落。

手臂被砍斷的山猿，鮮血噴到我身上，澄澈的池水染上了紅。

受傷的山猿們領教到他們和我之間的實力差距，嚇得逃走了。

休想逃，不能放過他們。

他們一定還會對風子下手，要殺到一隻都不剩。

我這樣想著踏出一步。

「等等，未來……！」

風子緊抓住我背後的衣服，使我停下腳步。

「沒事了，已經，沒事了。」

「現在不殺光，他們還會對妳下手。」

我的聲音一如昔日身為狩人時低沉，淡漠。

但風子搖頭。

「不行，沒事了，沒事了喔……未來。」

「……」

風子溫柔地輕撫我的後背。

我靈力中那股凌厲的殺氣逐漸平和下來。

讓我產生這種變化的，是我原本最怕的風子的聲音。

我沒注意到自己的額頭和臉頰似乎有血流下來，風子繞到我面前，確認我的傷勢。

不是敵人造成的傷口，似乎是久未使用自己的力量，才反彈回來留下的傷。

對我而言不是什麼了不起的傷，但風子伸出手指輕觸傷口，低聲誦念咒文。

我的傷一瞬間就癒合了。

是治癒系的陰陽術吧？

癒合後，我才發覺……啊啊，剛剛其實挺痛的。

「謝、謝謝你，未來。」

在我道謝之前，風子先向我低頭致意。

「咦……？」

「憑我的力量，沒辦法應付那麼多化猿。未來，要是沒有你在，我……」

風子大概是現在才忽然感到害怕。

她全身微微發抖，掉下眼淚。

「未來，幸好……有你在……」

那一句話，帶給我一種安靜的衝動。

你不該出生的。過去，我一直以來聽的都是這種話。

我一直認為，自己就是個不該存在的人，可是現在……

「那個，我剛才，不是話說到一半嗎？」

「……嗯。」

在遭到化猿襲擊前，風子的確正打算說什麼。

風子把我交給她保管的眼鏡很重視地抱在胸前，說出下半句話。

「那時候，我是想說……未來，我很喜歡你的名字。」

「……」

「我第一次聽到你的名字時，心臟就跳得好劇烈。我想，這個人，一定會改變我的未來……」

她的眼角仍含著淚水，抬頭望向我，露出閃閃發光的燦爛笑容。

「謝謝你保護我，未來……」

看見風子的笑臉，我突然非常想哭。

我終於意識到，那就是我該好好保護的東西。

再沒有其他事物可以如此美麗、尊貴，那是無可取代的寶物……

然後，我靜靜回想起。

當我一心求死時，把我從死亡邊緣拉回來的，一位少女的話。

『只要活下去，你一定會遇見此刻尚未相遇的重要的人。一定會有那麼一天，你會由衷慶幸，幸好自己活下來了……』

原來如此。

或許妳說對了呢，真紀。
要是當時就那樣死了，我也不會遇見她了。
要是當時死了，今天我也就沒辦法保護風子了。

吹起夏季即將結束的風。
但那同時也是掀開全新故事的「第一頁」，新開端的風。
幸好我活下來了。
幸好我出生了。
我的人生還長得很，現在才正要開始呢。
我可不能讓名為風子的女孩一個人孤零零的。

在不遠的未來，我將打從心底這麼想——

後記

大家好，我是友麻碧。

終於到這一天了。

「淺草鬼妻日記」系列的故事在此結束。

原本預計在全十集這種整數畫下句點，但最後的故事出乎意料地長，就拆成上下集，變成了總共十一集。因為我無論如何都希望可以好好描寫最終決戰和後續的故事。

被糾纏千年的命運……被過往記憶束縛住的各個角色，都放眼未來做出各自的抉擇。我認為這一段對這部作品很重要。

真紀和馨。

茨姫和酒吞童子。

他們都是主角，也是女英雄和英雄。

真紀是我的憧憬，馨則是我理想中的老公。

「妖怪夫婦再續前生緣」。

我從這個標題為故事揭開序幕，透過各種不同角色的視角，交織回憶過去的情節，來描寫橫跨千年的愛情、謊言及命運糾葛。

這個系列就是一個奇蹟，企畫奇蹟似地通過，奇蹟似地持續下來，又奇蹟似地獲得許多讀者的喜愛，甚至讓我不禁想……今後大概寫不出這樣的作品了吧。我很自豪，這部作品只有我才能寫得出來。

再來。

我記得自己曾在其他作品的後記中寫過一句奇特的座右銘——故事是為了終結而開始動筆的。我真的很喜歡在幫故事收尾時的那種氣勢、爽快心情、成就感和目送角色邁向另一段人生旅程的一縷憂傷。

但寫完這部作品後的失落感太過強烈，我整個人意志消沉，好一陣子心情都很低落……

在這層意義上，這應該是對我非常特別的一個系列。暫時大概沒辦法再寫這類故事了……正因為明白這一點，心裡才特別落寞吧。

我手上同時進行好幾個系列，但有一些主角形象、英雄樣貌、各種角色之間的關係、搞笑的鬥嘴對話，以及故事本身，是在這部作品中才有機會描繪的。我自己認為，這部作品拓展了我寫作的廣度。

特別是來栖未來這個角色，是在整個系列寫到中間時，我像是被雷劈到一樣靈光一閃才誕生的角色。他在設定及性格上都特別到讓我不禁覺得……以後大概很難再想出這種角色了吧。

大步迎向未來。這個最後的副標也蘊藏了許多含意，而這些都是因為有這個角色才帶給我的靈感。我認為自己取了一個最棒的副標。

「我盡力了」，心中有這種踏實感，但寫完最後一集後，不明所以地低迷了一陣子。過了一週左右，我開始慢慢振作起來。畢竟真紀她們都開始大步朝未來邁進了，我覺得自己也必須為未來努力才行。現在倒是充滿幹勁。

我總說「妖怪旅館營業中」、「淺草鬼妻日記」和「鳥居的另一頭，是我未曾見過的世界」這三個系列，是友麻碧的「第一季」。而「淺草鬼妻日記」完結後，「第一季」也順利結束了。

接下來，我的重心會放在寫「第二季」的作品。

富士見L文庫的「梅蒂亞轉生物語」。

講談社ＴＡＩＧＡ的「水無月家的婚約」。

這兩個系列。小說會以這兩部作品為主，但考慮到未來的情況，我也逐漸開始嘗試小說以外的工作。

希望很快能跟大家分享好消息，因此請各位務必和友麻碧的「第二季」一起關注。

宣傳時間。

這本《淺草鬼妻日記　十一》和講談社TAIGA的《水無月家的婚約　二》在同一天上市（註2）。在以未來當主角的這一集番外篇中出場的水無月文也，會是這個系列的主角。土御門佳蓮也是會在水無月家系列中出場的角色。

水無月家原本就是隸屬京都陰陽局的一族，「水無月家的婚約」系列和「淺草鬼妻日記」也有相關聯，請各位一定不要錯過。

另外，「淺草鬼妻日記」有各種漫畫版本。

由藤丸豆之介老師畫的「淺草鬼妻日記」如下：

・妖怪夫婦這一世一定要獲得幸福。全六集。

・妖怪夫婦未知的摯友之名。目前出了兩集。系列作連載中。

鳴原千老師畫的，從馨的視角出發的「淺草鬼妻日記」如下：

・天酒馨想和前世妻子過安穩小日子。全兩集。

這些漫畫版都非常出色，如果有讀者朋友想透過漫畫來感受淺草鬼妻日記的世界，請務必看看。

責任編輯大人。

這系列是由前任編輯開始的，我和現任編輯是從第二集開始合作，因此幾乎都是現任編輯一步一腳印拉拔我完成的。

我時常麻煩編輯調整時程，但編輯總能妥善處理，在寫作過程全力支持我，搞定出版大小事，我心裡滿是感激。這次不僅製作了淺草鬼妻日記的周邊商品，還跟講談社合作，讓本系列在最後熱熱鬧鬧地結束，真的非常感謝。

負責插畫的あやとき老師。

謝謝老師替上下集都畫出象徵故事內容的出色插畫。最重要的是，這些年真的辛苦您了。有幸請到あやとき老師來為「淺草鬼妻日記」畫插畫，我感到非常幸福。老師讓這系列很重要的一

註2：此處及以下皆為日本出版情形，部分書名為暫譯。

項元素變得豐富。有了あやとき老師充滿吸引力的角色設計跟華麗封面，才是完整的「淺草鬼妻日記」。

還有，各位讀者。

儘管這部作品有點奇特，大家也一路支持，真的很感謝各位。因為有許多讀者享受本書帶來的樂趣，我才能將這個系列寫完。正篇故事雖然結束了，但有一天我想寫京都陰陽學院的故事作為番外篇。希望大家能耐心等候。

加上在ＫＡＫＵＹＯＭＵ上官方連載的期間，總共大約七年的時間，真的承蒙各位關照了。

為了今後為淺草鬼妻日記的各位讀者帶來新故事，我也會繼續努力創作作品的。

迎向未來。創造未來。

友麻碧

國家圖書館出版品預行編目資料

淺草鬼妻日記 . 十一 , 妖怪夫婦大步迎向未來 / 友麻碧作 ; 莫秦譯 . -- 初版 . -- 臺北市 : 臺灣角川股份有限公司 , 2024.04
冊 ; 公分
譯自 : 浅草鬼嫁日記 . 十一 , あやかし夫婦は未来のために。. 下
ISBN 978-626-378-796-4(下冊 : 平裝)

861.57 113001936

輕文學
Light Literature

淺草鬼妻日記 十一 妖怪夫婦大步迎向未來〈下〉
原著名＊淺草鬼嫁日記　十一 あやかし夫婦は未来のために。（下）

作　　者＊友麻碧
插　　畫＊あやとき
譯　　者＊莫秦

2024年4月24日 初版第1刷發行

發 行 人＊台灣角川股份有限公司
總　　監＊呂慧君
總 編 輯＊蔡佩芬
主　　編＊李維莉
美術設計＊李曼庭
印　　務＊李明修（主任）、張加恩（主任）、張凱棋

台灣角川

發 行 所＊台灣角川股份有限公司
地　　址＊104台北市中山區松江路223號3樓
電　　話＊（02）2515-3000
傳　　真＊（02）2515-0033
網　　址＊http://www.kadokawa.com.tw
劃撥帳戶＊台灣角川股份有限公司
劃撥帳號＊19487412
法律顧問＊有澤法律事務所
製　　版＊尚騰印刷事業有限公司
I S B N＊978-626-378-796-4